Rauhaargeschichten

RAUDIS ERZÄHLUNGEN

Gewidmet meinem Herrchen Knut
und meiner Freundin Dina,
die ich immer liebte
und nie vergaß.

Verlag:Tredition

Autor: U.W.Boÿens

© 2017 U.W. Boÿens (auch für die Fotos)

ISBN: 978-3-7439-3807-6 (Paperback)

ISBN: 978-3-7439-3808-3 (Hardcover)

ISBN: 978-3-7439-3809-0 (e-Book)

Vorwort

Raudi, so werde ich gerufen, aber eigentlich heiße ich Amadeus vom Lehmsiegberg. So steht es jedenfalls in meiner Geburtsurkunde des deutschen Teckelclubs.

Aber der Reihe nach. Im Alter von ungefähr zehn Wochen unternahm ich mit Herrchen eine abenteuerliche Reise, was in meinem Fall schon etwas ganz Besonderes war, da es sich nicht um einen Ortswechsel innerhalb Deutschlands handelte. Es ging nach Afrika, genauer gesagt nach Kigali in Ruanda. Wo das liegt? Das erzähle ich euch später.

Dort erhielt ich auch meinen neuen Namen - Raudi.

Als mein Frauchen mich das erste Mal sah, meinte sie, dass ich Raudi heißen müsse, da ich viel Ähnlichkeit mit einem Stofftier hatte, das mit einem "Knopf im Ohr" in ihrem Besitz war. Außerdem passten in den wenigen Wochen meines Lebens die stattliche Statur meines Körpers und meine schon sehr großen Vorderpfoten gar nicht in das übliche Erscheinungsbild eines Rauhaardackels.

Von nun an wurde ich Raudi genannt. Daran habe ich mich ganz schnell gewöhnt. Der Name selbst war gar nicht so wichtig, eher der Klang und der Ton der Stimme, wenn man nach mir rief.

Ob die Namensgebung letztlich auch aus diesem Grund richtig war? Ich weiß es nicht und überlasse den Lesern meiner Geschichte die Entscheidung.

Abschied aus dem Kinderzimmer

Alles begann so, wie das Leben nun einmal spielt. Man wird geboren, bleibt acht bis zwölf Wochen bei seiner Mutter und seinen Geschwistern. Warm und kuschelig, einfach gemütlich war es in unserer Kinderstube, die aus einer Kiste mit hohem Rand gefertigt und mit weichen Decken ausgepolstert war. Das Schlafen und Trinken bei unserer Hundemama bestimmten den Tagesablauf. Das Kuscheln bei ihr und die Wärme in der Nähe meiner Geschwister waren eine wunderbare Zeit.

An meinen Vater kann ich mich nicht erinnern; vielleicht war er auch nicht so wichtig. In diesen ersten Wochen lernte ich als kleines Hundekind schon sehr viel, sodass außer den Geschwistern, die man zum Spielen brauchte, das Fressen zum wichtigsten Bestandteil im Tagesablauf wurde.

Die kleinen Rangeleien um den besten Platz in der Kinderstube waren ein tägliches Training, um eine Rangordnung festzulegen. Verlierer war ich jedenfalls nicht.

Weil wir dank unserer guten Versorgung immer größer wurden, brauchten wir auch mehr Platz, und so reichte unsere Kinderstube nicht mehr aus, um unsere Energie loszuwerden. Neugierig blickten wir über den Rand, indem wir uns auf unsere Hinterbeinchen stellten. Der Rand war für uns ein riesiges Hindernis.

Der Drang, allein auf Entdeckungsreise zu gehen, wurde dadurch gebremst.

Mit Winseln und Jaulen erreichten wir aber, dass man unserer Neugier auf die Umgebung der Kiste entgegen kam. Mehrmals am Tag durften wir sie nun verlassen, da es auch zu eng wurde, wenn wir spielen wollten. Die Besitzerin unserer Mama hob uns dann heraus, und so konnten wir die Wohnung erkunden - unter Aufsicht natürlich, damit wir keinen Schaden anrichteten.

Alles hatte aber auch seine Zeit, und so kam es, wie es bei Hundekindern üblich ist. Irgendwann wird man abgeholt, verschenkt oder verkauft, das ist ganz gleich, auf jeden Fall bekommt man ein neues Zuhause. Nur wie lange würde das bei mir noch dauern? Meine Geschwister, wir waren zu viert, verließen mich alle schon vorher, - sie wurden vor mir weggegeben. Deshalb war ich traurig, da ich nun allein dasaß und nicht wusste, was ich den ganzen Tag unternehmen konnte.

Eine Menge Glück ist schon dabei, den richtigen Menschen zu erwischen, bei dem man sein zukünftiges Leben verbringen soll. Als ich schließlich abgeholt wurde, konnte man sagen, dass ich eine riesige Portion davon abbekam. So hatte sich das Warten doch gelohnt.

Ich erinnere mich ganz genau, wie das damals war.

Zwei große Hände, die meinen kleinen Körper fast unsichtbar machten, aber trotzdem sehr liebevoll waren, hoben mich aus der Familienkiste heraus, und ich landete auf einem warmen Körper. Auf der Brust meines neuen Menschen, genauer gesagt unter einem Kinn mit ganz weichen Haaren darauf. Die großen Hände streichelten meinen Körper liebevoll. Die weichen Haare, Bart genannt, kitzelten mein kleines Näschen, sodass ich zu niesen musste.

Aber ich war auch etwas ängstlich, von so weit oben auf meine Kinderstube zu blicken.

Das Liebkosen und Schmusen war zwar sehr angenehm, aber trotzdem versuchte ich mich mit Zappeln und Winseln zu verständigen, dass ich lieber wieder auf meinen eigenen Beinchen stehen wollte.

Endlich, endlich durfte ich runter, der feste Boden unter meinen Pfötchen tat mir sehr gut, und deshalb lief ich erst mal wieder in Richtung Kinderstube.

Die Tatsache, dass ich so ganz ohne meine Geschwister- meine liebsten und besten Spielkameraden- meine nächsten Jahre verbringen sollte, machte mich auch traurig. Wehmut stieg in mir hoch, und auch meine Hundemama blickte fragend und neugierig zu mir herüber. Ihr gegenüber konnte ich meine Trauer kaum verbergen, denn auch sie merkte, dass etwas .... geschah. Schließlich war ich der letzte aus dem Wurf, der weggeben werden sollte. Mit hängenden Ohren und eingezogenem Schwanz stand ich vor meiner Kinderstube.

Nun legte man mir auch noch ein Band um den Hals, an dem etwas Langes befestigt war, was ich als sehr unbequem empfand. Ich kam mir vor, als wenn man mir Fesseln angelegte. Alles gute Zureden und das vorsichtige Ziehen konnten mich nicht bewegen, mit meinem neuen Herrchen das Haus an diesen Fesseln zu verlassen.

Nützte aber gar nichts. Die großen Hände griffen wieder nach mir, und ehe ich mich versah trugen sie mich fort. Meine Hundemama bellte mir noch hinterher, dass ich mich freuen solle.

Wie mein Leben weitergehen würde, wusste ich nicht

und konnte es mir ohne meine Hundefamilie auch gar nicht vorstellen.

Ängste und Zweifel stiegen in mir hoch, mein Herzlein fing ganz rasch und ängstlich zu klopfen an. Nur- viel Zeit für Angst blieb mir gar nicht.

Draußen vor der Haustür setzte mich mein neues Herrchen in einen Korb, in den er zuvor meine Kuscheldecke gelegt hatte, die ich mitnehmen durfte. Der Korb stand in einem in großen Kasten auf vier Rädern, der sich bald mit mir in Bewegung setzte. So etwas wie ein Auto kannte ich natürlich noch nicht. Herrchen hat mir das aber gleich erklärt.

Mein Mensch, den ich von jetzt an Knut nennen darf, erzählte mir Vieles und machte mir eine Menge Versprechungen über mein weiteres Leben. Zum damaligen Zeitpunkt war ich noch zu klein und unwissend und konnte mit den meisten Worten gar nichts anfangen.

Das Wichtigste hatte ich jedoch schon verstanden, dass es mir immer gut gehen würde, dass mich Knut schon jetzt sehr lieb habe und ein kleines Tier sonst noch zu hören bekommt, damit der Abschied aus der gewohnten Umgebung nicht so schwer fällt. Knut erzählte viele Geschichten. Zum Glück haben wir Tiere ein Gehör für Töne, und so klang die Stimme die meines Herrchens Knut wohlwollend, tief und warm in meinen Dackelohren. Es war allerdings unmöglich, alles in dem kleinen Dackelhirn zu behalten. Erst einige Zeit später kamen mir die Erzählungen in Erinnerung, nämlich .... als sie Wirklichkeit wurden.

Mein Knut hat seine Versprechungen gehalten und war glücklich und stolz auf mich. Ich war sehr zufrieden und genoss es, verwöhnt zu werden.

Überall wo er nun hinging, nahm er mich mit und zeigte mich ganz stolz einer Menge von Leuten. Große und kleine Hände fassten mich an. Streicheln nannten sie es. Oft empfand ich es als lästig, wenn so viele fremde Hände mein Fell betatschten. Manchmal hatte ich auch Sorge, wenn ich ohne Knut allein mit den anderen Menschen in einem Zimmer war, dass er nicht mehr zurückkäme. Das ist zu meinem Glück nie geschehen.

Solange Knut in meiner Nähe war, fühlte ich mich sicher. Ich spürte schon damals, dass mir nichts Schlimmes geschehen werde, weil er auf mich aufpasste.

Ungefähr zwei Wochen waren vergangen, in denen ich seine Mutter, seine beiden Schwestern und deren Familie und einige seiner Freunde kennenlernte. Danach sollte es ganz aufregend werden.

Knut erzählte mir, dass es auch noch ein Frauchen gibt, das zurzeit aber weit weg in Afrika sei und auf uns warte. Allerdings wüsste sie von meiner Existenz noch nichts. Er wollte Frauchen mit mir im Gepäck überraschen.

So viele Neuigkeiten in meinem erst kurzen Dackelleben! Was war überhaupt ein Frauchen? Wieder ein neuer Mensch, mit dem ich mich verständigen sollte? Was käme da noch alles auf mich zu? Erneut stieg ein wenig Angst in mir hoch. Was, wenn alles schiefginge und dieses Frauchen mich gar nicht mochte? Mit solch aufregenden Gedanken schlief ich, wie so oft in meiner Kuscheldecke ein, die immer in Knuts Nähe lag. Dann überlegte ich mir, das Knut versprochen hatte, dass es werde mir immer gut gehen, und so verbrachte ich die nächsten Tage wieder entspannter und mit Freude.

Aber da war ja noch etwas! Um nach Afrika zu kommen, müsste man weit reisen, nämlich mit einem Flugzeug. Mein Herz klopfte wieder viel schneller als gewohnt, und die Neugierde machte sich erneut in meinen Gedanken breit.

Unter einem Flugzeug konnte ich mir gar nichts vorstellen. Ein Auto hatte ich in schon kennengelernt, mit dem war ich von meiner Kinderstube weggefahren worden. Für mein Empfinden war das ein Kasten, der sich mit Surren und Brummen von der Stelle bewegt. Darin konnte man es sich sehr gemütlich machen und schnell von einer Stelle zur anderen kommen, ohne sich anzustrengen.

Für mich jungen Hund war das zwar immer recht bequem, aber ich bin auch sehr gern im Freien durch die Gegend gesaust, natürlich ohne dieses Band um den Hals und diese Strippe. Das Halsband musste ich zwar immer tragen, aber die Strippe, besser bekannt als Leine, blieb mir des Öfteren erspart. Allerdings war mein Knut oft etwas ungehalten, wenn ich wieder mal nicht so rasch von meinen Ausflügen zurückkam und er länger auf mich warten musste. Das hatte zur Folge, dass ich draußen nicht mehr so oft ohne Leine herumtollen konnte, wie ich es gerne gehabt hätte.

Solche Erlebnisse hatte ich in der Lüneburger Heide. Da besuchte Knut, natürlich mit mir im Gepäck, seinen besten Freund, den Jäger Klaus. Das war ein Spektakel! Einfach wunderbar.

Klaus hatte selbst einen Dackel -Moritz. Allerdings war Moritz schon viele Jahre älter als ich, also auch erfahrener im Umgang mit den Menschen. Da ich als junger Hund noch einen sogenannten Welpenschutz hatte, war es kein Problem, mit einem erfahrenen Rüden in Kontakt zu kommen. Nur übertreiben durfte ich die Spielereien mit ihm nicht. Wenn ich ihn zu lange bedrängte, machte er mir mit einem Knurren unmissverständlich klar, dass ich aufhören solle, ihn zu stören.

Zum erste Mal spürte ich, was Freiheit sein kann. Ich durfte allein aus dem Haus, das ich über eine Terrasse verlassen konnte, in einen großen Garten. Der weiche, doch stabile Untergrund unter meinen Pfötchen war ein wunderbares Gefühl der Freiheit, so ganz ohne Leine.

Ich lief über über Gras, verschwand unter Büschen und Sträuchern, stöberte auf dem gesamten Areal herum, das befriedet war, sodass ich mich nicht zu weit von Knut entfernen konnte. Somit hatte auch er kein Problem, mich wiederzufinden.

Die neuen Eindrücke und Gerüche waren sehr spannend und aufregend für mich, da ich noch nicht alles zuordnen konnte, und mir deshalb Vieles verborgen blieb und nicht verständlich war, um was es genau ging. Neuland war auch, als wir zusammen mit Klaus und Moritz durch den Wald liefen.

Der weiche Waldboden fühlte sich wie das warme weiche Fell meiner Hundemama an, als ich in meiner Kinderstube zusammengerollt an ihrer Seite kuscheln durfte. Es war noch Frühling in Deutschland. Die Natur erwachte mit wundervollen Düften und neuen Gerüchen. Im Wald roch es nach anderen Tieren, was mich wegen meines Jagdinstinkts nervös machte. Am liebsten wäre ich all diesen Gerüchen hinterher gewetzt, um heraus zu finden, was sich genau dahinter verbarg, aber leider wurde ich an einer Leine, die allerdings sehr lang war, daran gehindert. Was waren das für schöne Tage in der Heide.

Doch alles hat ja so seine Zeit, und nun rückte der Tag näher, an dem es ganz weit weg gehen sollte.

Mit einem Auto fuhr ich in den letzten Wochen schon

sehr viel, aber was Fliegen sein sollte, konnte ich mir nicht denken.

Und dann noch Afrika. Ich hatte keine Ahnung was das bedeutete. Aus Erzählungen von meinem Knut konnte ich zum Glück heraushören, dass es sich dabei um einen anderen Teil auf der Erde handelte. Dabei erfuhr ich auch, dass Ruanda ein Land in Afrika war. Vorstellen konnte ich mir alles noch gar nicht. Von Geographie haben wir jungen Hunde ohnehin wenig Ahnung. Bisher war nur die Umgebung unseres menschlichen Partners wichtig gewesen- mit der Gewissheit, dass ich nicht allein gelassen wurde.

So fing ich an zu grübeln, wie die Welt um mich herum in der Zukunft aussehen würde? Was und wie mochte sich alles ändern? Fragen über Fragen, und soviel mir Knut über all das Neue erzählte, ich hatte nur noch eines im Sinn: Lass Dich überraschen!

So war ich- da Kinder von Natur aus neugierig sind - gespannt auf das, was auf mich zukommen würde.

Das letzte Bellen meiner Hundemama kam mir wieder ins Gedächtnis: dass ich mich freuen sollte, hinaus in die Welt zu kommen. Manches Mal fragte ich mich, ob es meine Geschwister auch so gut getroffen hatten wie ich?

Die Gedanken an das Kinderzimmer kamen allerdings immer seltener, und der Kummer des Abschieds war schon fast vergessen. Es gab ja so viel Neues, was ich schon jetzt erleben durfte.

Reise nach Afrika

Eines Tages war es dann so weit. Meine Reise mit einem Flugzeug stand bevor.

Das war alles so aufregend. Knuts Mutti, seine beiden Schwestern mit Kind und Kegel, kurz gesagt die ganze Familie begleitete uns zum Flughafen Hamburg. In einer riesigen Halle mit vielen Kästen, die mit Scheiben geschützt waren, musste sich Knut mit mir auf dem Arm hinter anderen Leuten anstellen. Aufgeregt betrachtete ich, was alles um uns beide herum geschah.Viele unbekannte Gerüche bekam ich in die Nase, und ich kuschelte mich etwas enger an Knuts Körper, da dieser Trubel doch etwas beängstigend war.

Endlich war Knut an einen Glaskasten vorgerückt, „Das sind Schalter" erklärte er mir. Hier zeigte er einer Dame ein Stück Papier- und dann selbstverständlich auch mich. Die Überraschung bei den umstehenden Leuten und dem Flughafenpersonal kann ich kaum beschreiben. Oh- ach wie süß- wie niedlich- das waren die Kommentare um uns herum. Einige Menschen kamen auf uns zu, und die Streicheleien begannen wieder. Doch mein Knut merkte, dass mir das nicht so behagte, und damit hatte das dann auch schnell ein Ende gefunden.

Die Stewardessen fanden mich wohl auch niedlich, da sie mich unbedingt auf ihren Schoß nehmen wollten.

Gewollt - getan. Aber vor lauter Angst, mein Knut würde mich doch nicht mitnehmen, machte ich mir Pippi ins Fell- und natürlich dabei einer der Stewardessen auf den Rock. Geschimpft hat sie aber nicht, zum Glück, vielmehr lachte sie und meinte, das mache doch nichts. Knut war es peinlich, er nahm auch gleich ein Tuch aus der Tasche und trocknete mich ab.

Nach diesen Formalitäten sollte es noch spannender für mich werden. Knut erklärte mir, dass ich nun in einer großen Tasche sitzen müsse, damit ich es im Flugzeug auch gemütlich hätte. Zum Wohlfühlen hatte ich ja schon meine Kuscheldecke aus dem Kinderzimmer mitbekommen. Die lag nun in der Tasche, die mehr einer hohen Kiste mit Deckel glich als einer Reisetasche. Knut sagte, dass dies ein Pilotenkoffer - und für mich auf diesem langen Flug sicherer - sei. Wir beide würden nun mehrere Stunden in diesem Flugzeug verbringen, da es einige tausend Kilometer seien, die wir fliegen müssten- von Hamburg nach Paris, dann weiter nach Nairobi und noch weiter nach Kigali / Ruanda. Das war eine große Entfernung und dauerte ganz schön lange.

Wieder einmal ließ ich meine Ohren hängen und sah mit großen ängstlichen Augen mein Herrchen an. Würde auch alles gut gehen? Wie mochte ich das in dieser Kiste aushalten? Ach ja, auch als Hund hat man so seine Ängste vor allem Neuen.

Knut merkte wohl, dass mir komisch zumute und ich etwas unglücklich war. Er redete mir gut zu, mich nicht zu fürchten. Schließlich war ich ja noch klein und unerfahren, wie Hundebabys mit gerade mal knapp zehn Wochen so sind. Doch so vertraute ich voll und ganz meinem Herrchen.

Ein letzter Blick zurück auf winkende Hände, nachdem wir die Kontrollen durchlaufen hatten. Dann musste ich in diese Kiste, und Knut trug mich ins Flugzeug. Der Pilotenkoffer war schrecklich, ich fühlte mich wie in einem Gefängnis, obwohl Knut den Deckel aufklappte. Meinen Protest, dass ich nichts mehr sehen konnte und feststellte, dass ich auch nicht allein herauskrabbeln konnte, nützten nichts. So ergab ich mich erst mal in mein Schicksal.

Mit Brummen und ruckeligen Bewegungen bewegte sich das Flugzeug vorwärts und setzte zum Start an. Für mich ging es in ein neues Leben.

Die Reisezeit in diesem Koffer wurde immer langweiliger und schien ewig zu dauern. Zum Zeitvertreib fing ich an, in meine Kinderkuscheldecke Löcher zu beißen. Das machte aber auch keinen Spaß, die Wollflusen blieben mir nur zwischen meinen Zähnchen hängen. Dann versuchte ich meinen Unmut an dem Pilotenkoffer auszulassen. Irgendwie musste es doch möglich sein, den hohen Rand niedriger zu machen. Ich knabberte nun am oberen Rand des Koffers herum. Leider wurde die Kante nicht kleiner, vielmehr schimpfte Knut, dass ich diesen Koffer beschädigt hatte. So waren diese Mühen auch nicht von Erfolg gekrönt, dafür sehr anstrengend, sodass ich zwischendurch immer mal eine Schlafpause einlegte. In meinen Träumen kehrte ich die Kinderstube zurück. Das Spielen mit den Geschwistern, die Gemütlichkeit und Geborgenheit dieser Umgebung ließen mich für einige Stunden den momentanen Stress der Reise im Koffer vergessen.

Wer glaubt, so eine Reise wäre in einem einzigen Flug zu bewältigen, der hat sich geirrt. Gebrumme und ein gleichmäßig tönendes Surren sowie ein Ruckeln kündigten die Landung an. Der Umstieg nach der ersten Zwischenlandung in Paris war für mich jedoch nicht besonders anstrengend. Schließlich wurde ich getragen. In dieser Hinsicht, war der Pilotenkoffer ganz praktisch. Ich konnte zwar während dieses Transports nicht aus dem "Kasten"herausschauen, aber sobald Knut ihn auf dem Boden absetzte, öffnete er den Deckel, und so konnte ich, neugierig wie ich immer war, das Umfeld erschnuppern und begutachten. Dann ging es weiter.

Diese Flugzeit dauerte aber erheblich länger. Es war schrecklich, die Reise mit dem Flugzeug schien nicht enden zu wollen. In unregelmäßigen Abständen beschwerte ich mich bei Knut, dass ich es in diesem Koffer nicht mehr aushalten könne. Dann nahm er mich aus dem Koffer heraus, legte mich auf seinen Schoß und erzählte mir eine Geschichte über Afrika und mein neues Zuhause mit Frauchen. Er erzählte auch von einem anderen Hund, der nicht so aussehen würde wie der Moritz aus der Heide. Dieser Hund wäre viel größer als ich und auch ein weibliches Tier, eine Hündin, eben so etwas wie meine Hundemama, nur viel größer.

Vieles aus Knuts Erzählungen blieb mir davon nicht in Erinnerung, nur dass ich Hunger hatte, aber leider nichts zu fressen bekam. Wasser durfte ich ab und zu ein wenig trinken.

Wieder wurde ich aufgeklärt, warum das sein müsse. Der Grund war folgender: Im Flugzeug konnte Knut nicht mit mir Gassi gehen, also musste ich auf feste Nahrung noch etwas warten. Leider sättigte mich die Erklärung kein bisschen.

Als das Flugzeug wieder landete, war ich überglücklich, dass wir am Ziel wären. Aber nein, es war wieder eine Zwischenlandung. In Nairobi, von wo es mit einem kleineren Flugzeug weiterging.

Es wurde auch immer langweiliger in meinem "Kasten". Und diese Reise schien überhaupt nicht enden zu wollen.

Endlich, endlich nahm Knut den "Koffer"mit mir als Inhalt hoch und trug mich hinaus aus dem Flugzeug, zu meinem Glück sollte es das letzte Mal sein. Bei den Zwischenlandungen in Paris und Nairobi hatte ich schon gedacht, dass wir an unserem Ziel waren. Jetzt platzte ich fast vor Neugier auf mein Frauchen und dachte nur: Hoffentlich ist sie auch so lieb wie mein Herrchen. Was hatte Knut noch gesagt? Es gab noch einen anderen Hund. Jetzt wurde der Drang, das Neue zu erleben noch größer. Den Namen der Hündin hatte Knut bereits gesagt, wie hieß der noch? Ich glaubte Dina, wenn mich mein Gedächtnis nicht im Stich lässt. Also los ging's in das nächste Abenteuer.

Während ich in der Tasche sitzend auf meine Befreiung wartete, stand diese in einer riesigen Halle auf dem Boden. Ich hatte nur eins im Sinn: aus diesem Behältnis heraus zu kommen. Meine Versuche, das aus eigener Kraft zu vollbringen waren eher dürftig, ich schaffte es immer nur, über den Taschenrand zu blicken.

Was ich sehen konnte, war nicht sehr viel. Menschen, von denen ich überwiegend nur die Beine sehen konnte, da ich so tief unten saß. Reckte ich den Hals und legte den Kopf ganz nach hinten, erspähte ich auch Gesichter. Auf Dauer war das aber sehr anstrengend. Viele Menschen liefen in dieser Halle herum. Mehrere kamen auf uns zu, um mein Herrchen zu begrüßen. Da er offenbar noch niemandem von mir erzählt hatte, waren alle sehr überrascht als sie mich als Inhalt des Pilotenkoffers entdeckten.

Niedlich, süß, und putzig klang es um mich herum. Etwas albern kamen mir die Menschen dann doch vor, mit ihrem Gebaren und ihren Worten, die ich schon aus Hamburg kannte.

Mittlerweile ergab sich ich noch ein ganz anderes großes Problem - ich musste ganz dringend meine Geschäfte erledigen. Da ich auf gar keinen Fall meine Kuscheldecke schmutzig machen wollte wurde es Zeit, dass ich aus diesem Gefängnis von Pilotenkoffer heraus kam. Für mein Gefühl dauerte das wieder eine Ewigkeit.

Dann doch, endlich; ein Klick, und meine Leine rastete am Halsband ein. Zwei Hände hoben mich aus dem Koffer, ich merkte aber, dass es nicht die von Knut waren. Wer dann? War es mein Frauchen, wie würde sie aussehen, wie würde sie sein, wenn sie mich das erste Mal zu Gesicht bekam, da sie nichts von mir wusste?

Die Neugierde überfiel mich wie schon so oft in diesem kurzen Leben.

Welch eine Freude! Es war mein Frauchen. Doch konnte ich sie nur für einen kurzen Moment richtig beschnuppern, denn sie ließ mich sofort wieder auf den Boden, und ging ganz schnell mit mir nach draußen. Das war auch gut so. Nun konnte ich mich endlich erleichtern.

Nach einem Rundgang um das Flughafengebäude kehrten Frauchen und ich in die große Halle zurück. Da ich als Hund lediglich schwarz und weiß erkennen kann, orientierte ich mich an Stimmen, den Gesten der Menschen um mich herum, und Gerüchen die fremd und unbekannt in meine Nase stiegen.

Auch konnte ich viele Worte nicht verstehen. Knuts Aussprache hatte sich verändert, wenn er mit den, für mich fremden Menschen aus Afrika sprach. Warum nur? Das begriff ich erst einige Stunden später.

Die Leute dort schienen alle etwas ruhiger geworden zu sein, ohne die anfängliche Aufregung konnte ich meinen Augen und meiner Nase kaum trauen. Ein Geruch ,hundevertraut, kam jetzt aus Knuts Richtung, den ich schon kurz hatte wahrnehmen können, als mich Frauchen zum ersten Mal aus dem Koffer hob und auf den Arm nahm. Dann erkannte ich die Ursache. Knut hatte einen Artgenossen an einer zweiten Leine. Einen so großen Hund hatte ich bisher noch nicht vor meiner Nase gehabt. Frauchen hatte ihn mitgebracht, es war die bereits erwähnte Hundedame Dina, mit der sie eigentlich ihr Herrchen hatte begrüßen wollen. Was diese mit Überschwang, Freude und mit einigen Wuffs auch zeigte. Knut redete liebevoll mit Dina und streichelte ihr Kopf und Rücken. So machte ich mir auch gar keine Sorgen, dass mir in Zukunft etwas Schlechtes passieren könnte.

Meine Neugier kannte jetzt keine Grenzen. Vorsichtig und doch sehr aufgeregt tapste ich auf diesen Vierbeiner zu, so schnell es Beinchen zuließen.

Mit Schnüffeln, einigen Wuffs und Schubsern begann eine große Hundeliebe und Freundschaft zwischen Dina und mir.

Von nun an werde ich Frauchen mit Ihrem Namen Ute nennen.

Dina und Raudi

Mein neues Zuhause

Die Begrüßung durch Knuts Freunde in der großen Halle des Flughafens ging ihrem Ende zu. Er erklärte mir, dass wir jetzt zu unserem Haus in Kigali führen. Dabei erfuhr ich, dass Kigali die Hauptstadt von Ruanda ist. Nach geraumer Zeit, wie lange konnte ich nicht feststellen, da mir kein Zeitgefühl angeboren ist, stiegen Knut, Ute, Dina und ich in ein ziemlich großes Auto ein. Es war viel größer und auch viel geräumiger als das, mit dem ich in Deutschland herumgefahren worden war. In diesem Auto sah alles gemütlich aus. Hinter den vorderen Sitzen war ein großer freier Fußraum und -ganz wichtig- eine lange und für meine Vorstellung breite Sitzbank. Na klar, es handelte sich ja auch um einen VW-Bus, wie ich einige Zeit später herausbekam.

Damit ich etwas sehen konnte, durfte ich auf der Beifahrerseite auf Utes Schoß sitzen. So hatte ich während der Fahrt eine großartige Sicht. Wie im Flug zogen Häuser, Büsche und Menschen am Straßenrand vorbei, alles neu und aufregend für mich. Aus dieser Perspektive hatte ich noch nicht mal aus dem Auto in Deutschland die Welt um mich herum betrachten können. Dina, die auf der Rückbank saß, legte ihren Kopf auf Utes Schulter, damit sie auch ganz dicht bei uns sein konnte.

Nach mehreren Kilometern auf ziemlich gut asphaltierten Straßen bog Knut in eine Seitenstraße ab. Von jetzt an wurde die Fahrt etwas holpriger, und ich wippte auf Utes Schoß immerzu auf und ab. Es war das letzte Stück bis zu meinem neuen Zuhause. Da handelte es sich um eine Piste. Das ist eine nicht geteerte oder befestigte Straße.

Knut fuhr ein Stück bergauf, stoppte das Auto vor einem großen Tor und drückte auf die Hupe. Wie von selbst öffneten sich zwei Torflügel, und nachdem wir mit dem Auto hineingefahren waren, wurden sie ganz schnell wieder geschlossen. Es handelte sich allerdings nicht um eine automatische Tür, vielmehr hatte ein Angestellten des Hauses schon auf uns gewartet.

Knut parkte das Auto vor einer breiten Treppe, die auf eine Terrasse vor einem großen, schönen Haus führte. Meine Neugier war groß, und so konnte ich es kaum erwarten, aus dem Auto herauszukommen. Das Schwierige dabei war allerdings, dass der Ausstieg recht hoch war, und so hob mich Ute vorsichtig herunter. Dina kam durch eine seitliche Tür und lief davon. Um auf keinen Fall etwas zu verpassen, folgte ich ihr durch einen Garten bis hinter das Haus.

Dort stand zu meiner Freude ein Wassernapf, den wir beide dringend benötigten, um unseren Durst zu stillen, denn außerhalb des Flughafens und des Autos war es sehr warm. Logisch, wir befanden uns ja auch in Afrika. Nachdem ich meinen Durst gestillt hatte, nahm mich Knut auf den Arm und erklärte mir, dass er mich erst mal anderen Menschen vorstellen wolle. Nun kamen wieder Menschen auf mich zu, deren Geruch anders war, als der von denen, die ich von früheren Aufenthalten meines Lebens kannte. Schon bei der Ankunft am Flughafen hatte ich die mir fremden Gerüche wahrgenommen.

Knut erzählte den Boys, dass ich ein ganz lieber, junger Hund sei und erklärte ihnen auch meinen Namen.

Alle um mich herum lachten und freuten sich über den Familienzuwachs. Verstehen konnte ich auch nicht mehr was gesprochen wurde. Kein Wunder, ich befand mich mittlerweile in Ruanda, wo französisch die Amtssprache war.

Seit ich wieder festen Boden unter meinen Pfoten hatte, war mein Drang die weiteren Örtlichkeiten zu erforschen ungebrochen. Die Türen des Hauses standen alle offen, und so begann ich erst einmal die Räumlichkeiten zu inspizieren.

Das Haus war geräumig, mit vielen Zimmern und Durchgängen. Eingänge gab es auf der Vorder- und Rückseite des Hauses. Aus der Vordertür gelangte man auf eine große überdachte Terrasse. Von hier aus hatte man einen guten Ausblick über den Vorgarten, der aus Blumenrabatten und Rasen bestand. An einer Seite rankten Kletterpflanzen über ein Spalier, unter dem sich eine kleine Sitzgruppe befand.

Durch den hinteren Eingang ging es über eine schmalere, überdachte Terrasse direkt in die Küche. Man konnte von dort hinten und weiter durchs Esszimmer, hinein in den Wohnraum und vorne wieder aus dem Haus hinaus auf die große Terrasse laufen.

Diese Möglichkeit rein und raus zu kommen, wurde zu Dinas und meiner bevorzugten Route.

Die guten Gerüche, wenn Faustin, ein hervorragender Koch, die Mahlzeiten zubereitete, lockten uns immer wieder dorthin. Die Hoffnung, dass für uns beide etwas von den Köstlichkeiten abfiel, gaben wir nie auf.

Faustin bereitete auch unser Fressen zu. Gemüse, speziell für uns gekauftes Fleisch und Reis kochte er in einem großen Topf für mehrere Tage im Voraus. In Portionen wurde dann das abgekühlte Fressen eingefroren. Eine Lagerung ohne ausreichende Kühlung über mehrere Tage in der Wärme hätte unser Hundefutter verderben lassen. Jeden Morgen stellte uns Faustin unsere gefüllten Futternäpfe auf die hintere Terrasse.

Bei den Menschen in meinem neuen Zuhause handelte es sich um das Personal, das in unserem Haushalt beschäftigt war, umgangssprachlich Boys genannt. Ich möchte sie kurz vorstellen, bevor ich meine weiteren Abenteuer erzähle.

Faustin war der erste Hausboy und auch unser Koch. Gelegentliche Unstimmigkeiten mit den anderen Boys wurden durch ihn geregelt. Jean Marie, der zweite Hausboy, reinigte das Haus und bügelte die Wäsche, am liebsten Knuts Hemden. Lazare war der Gärtner und zugleich der Tagwächter, der immer schnell das Tor öffnete, wenn wir mit dem Auto nach Hause kamen. Anastase war der Nachtwächter. Da unser Personal geregelte Arbeitszeiten hatte gab es für die beiden einen Vertreter - Gaspard.

Faustin und Jean Marie übernachteten in einem kleinen Häuschen auf dem Grundstück, Boyerie genannt. Dort hielten sie sich während der Arbeitstage, nachts zum Schlafen und in ihrer Freizeit auf. Ihre Familien lebten weit entfernt von Kigali auf dem Land, und die konnten sie immer nur an den Wochenenden besuchen.

Im großen und ganzen waren mir die Namen egal, da ich sie mir ohnehin nicht merken konnte. Aber ich erkannte jeden an seinem Gang, an der Stimme und - wie bereits erwähnt - mit meiner Dackelnase. Afrikaner lassen sich eben anders erschnuppern als meine hellhäutige Familie.

Die Boys waren aber alle lieb zu mir, wie auch zu Dina, und ab und zu fiel auch mal ein kleiner Leckerbissen für uns ab. Von den Erlebnissen mit unseren Boys gibt es einige lustige Geschichten zu erzählen... einige Kapitel später.

Anmerkung (nicht von mir, sondern von Ute): In Ruanda ist die Landessprache Kinyaruanda, eine komplizierte Sprache. Für viele ostafrikanische Völker ist deshalb Suaheli die verbindende Sprache. Weshalb man sich in einer französisch sprechenden Region Ostafrikas nun wieder eine eher englischen Ausdrucksweise bediente, rührte aus der Kolonialzeit der Engländer in Kenia her. Es gab keine Ausdrucksformen für die damals unbekannten neuen Wörter oder Gegenstände, deshalb wurden diese ganz einfach aus dem englischen Wortschatz übernommen. Die Aussprache dieser Wortschöpfungen weichen manchmal erheblich von der englischen Originalversion ab. So kam es zum Beispiel zu dem Wort Boy oder auch Boyesse, wenn das Hauspersonal gemeint war.

Herrlich war es hier. Im Haus und im Garten. Überall
lief ich ohne Leinenzwang herum.

Dina

Dass es außer meiner Rasse auch noch andere Hundearten gab, erfuhr ich erst, als ich Dina kennenlernte. Sie war ein von Knut zur Jagd ausgebildeter Deutsch Drahthaar.

Von ihrem Körperbau und Wuchs her war Dina erheblicher größer und auch höher als ich kleiner Dackel. Da ich ja noch ganz jung und nicht ausgewachsen war, als wir uns zum ersten Mal trafen, erschien sie mir wie eine Riesin.

Sie war eine wunderschöne Hündin mit braun und grau gescheckem Fell, mit Haaren, die wie kleine Drähtchen aussahen, aber überhaupt nicht kratzig waren. Aus ihren bernsteinfarbenen Augen konnte sie so treu blicken, dass man sie einfach lieb haben musste. Wollte sie besondere Wünsche erfüllt bekommen- oder nach einer Standpauke, wenn wir Dummheiten gemacht hatten, konnte sie mit ihren Wimpern blinzeln und ganz unschuldig schauen. Ute sagte dann: „Dina hat wieder ihren Schlafzimmerblick."

Dina war bereits etwas älter als zehn Jahre. Das bedeutete auch, dass sie viel erfahrener war als ich.

Meine Erziehung fiel recht harmlos aus. Ich meine, dass ich keine richtige Hundeschule durchlaufen musste, da es so etwas in Kigali nicht gab.

Durch meine Freundin Dina, die ja sehr gut erzogen und gehorsam war, fing ich auch an zu erkennen, was ein

Hund darf und soll und was nicht. Gefallen hat mir das nicht immer, und als sturer Dackel habe ich dann doch sehr oft das getan, was ich wollte und nicht was man von mir verlangt hatte. Hören konnte ich schon ganz gut, aber die Befehle ausführen, das war nicht so mein Ding. Im Klartext, folgsam war ich nicht immer, was auch einige Male schmerzhafte Erfahrungen mit sich brachte.

Eine Jagd-Ausbildung war ebenfalls nicht möglich, da es an den benötigten Arealen fehlte. Meinen Jagdinstinkt, den mitbrachte, konnte ich eigentlich nur auf dem Grundstück rings um das Haus ausleben.

Frauchen war nicht immer sehr glücklich, wenn ich im Garten tiefe Löcher grub, weil mir irgendein interessanter Geruch in die Nase strömte. Der Gemüsegarten wurde deshalb mit einem Zaun abgegrenzt, den ich mit meinen kurzen Beinchen nicht überspringen konnte. Wie schade, denn hier war der Boden schön locker und weich, anders als im übrigen Bereich des Grundstücks. Dort war er zum Teil sehr fest und rot.

In der Trockenzeit kam ich nach meinen Grabarbeiten als rot bestäubtes Fellknäuel wieder zum Vorschein. Nach den kräftigen Güssen in der Regenzeit sah ich allerdings auch nicht viel ordentlicher aus, da schlammige Batzen an meinem Bart und an den Pfoten hingen. Eine anschließende Dusche oder ein Reinigungsbad waren die Folge.

Für mich stellte die Waschaktion kein Problem dar, weil ich mich liebend gern im und ums Wasser aufhielt.

Mein Glück schien grenzenlos. In Dina fand ich eine liebevolle Gefährtin, der ich mit meinem Drang zum Spielen mehr als einmal auf die Nerven ging. Am meisten gefiel es mir, hinter ihr herzuwetzen und ab und zu in ihre Hinterläufe zu zwicken.

Da ich zu diesem Zeitpunkt noch meine Milchzähne besaß, war das Zwicken für Dina bestimmt nicht immer angenehm. Wenn ich es allerdings zu toll trieb, bekam ich einen Verweis - ein Knurren ihrerseits, das aber nie böse klang.

Unser Tagesablauf gestaltete sich kaum langweilig. Morgens nach dem Aufstehen und der Morgentoilette gab es erst was zu fressen. Das von Faustin vorbereitete Futter, danach eine kleine, süße Banane, von denen, die auch in unserem Garten wuchsen. Anschließend wurden Haus und Garten inspiziert, ob da noch alles in Ordnung war.

Bevor es am Tage zu heiß wurde, war Spielzeit angesagt. Durchs Haus über die Terrasse und durch den Garten ging es so schnell wie wir... besser gesagt, wie ich mit meinen kurzen Beinen rennen konnte. Im Wechsel versuchten wir, Dina und ich, uns zu fangen und zu balgen. Da ich Dinas Höhe nicht besaß, gelang es mir oft, sie auszutricksen, indem ich mich unter einen niederen Tisch, Stuhl oder hinter einem der vielen Blumenkübel versteckte. Dinas »Wuff, Wuff« , was so viel hieß wie, »komm spiel weiter mit mir«, lockte mich immer wieder hervor.

Den größten Spaß hatte ich, wenn Dina auf dem Boden lag und ich auf ihr herumtollen konnte. Mit den Zähnchen an ihren Ohren ziehen, in den Rücken schubsen und überall dort zwicken, wo ich ihren Körper erreichen konnte. Mit ihren Beinen, die mir wie riesige Fangarme erschienen, umschlang sie meinen kleinen Körper, um mich fest zu halten, damit ich sie nicht weiter plagen konnte. Irgendwie gelang es mir aber immer wieder, mich zu befreien, und die Aktionen setzten sich fort. Dina war sehr großzügig mit mir kleinem Quälgeist und meinem kindlichen Ungestüm.

Ein liebevolles Ablecken oder das Tasten mit ihren großen Pfoten gehörten genauso dazu, wie gelegentliche Ermahnungen, demonstriert durch das Festhalten meines Genicks mit ihrem Maul.

Wurde ich müde, lag ich irgendwo auf dem Steinboden im Haus oder auf der Terrasse herum.

In den Durchgängen war der günstigste Platz, wenn es draußen warm wurde. Dort konnte man immer noch einen kleinen Luftzug spüren, da die Türen des Hauses dann an allen Seiten geöffnet waren. Um eine bessere Abkühlung zu bekommen hatte ich mir angewöhnt, mich auf den Rücken zu legen, weil es angenehm war, sich dadurch auch das Bäuchlein zu kühlen.

Oft legte sich Dina in meine Nähe, immer darauf achtend, dass ich beschützt war.

In den ersten Wochen in Afrika brauchte ich nicht viel zu lernen, das Leben war einfach angenehm; ich wurde geliebt, verwöhnt und geachtet, auch von dem Personal, das in Haus und Garten beschäftigt war.

Der Garten war großartig. Kurz geschnittenes Elefantengras, weich wie ein Teppich, die Blumenbeete und vielen Sträucher an den Seiten boten einen herrlichen Spielplatz. Sich auf dem Gras zu wälzen, unter und hinter den Sträuchern zu schnuppern und zu graben, gehörten jeden Tag dazu. Vom Löcher-Buddeln hielt meine Freundin Dina allerdings nicht viel. Sie stand lieber an der hinteren Küchentür und ließ sich die guten Gerüche aus der Küche durch die Nase ziehen.

Dabei bewies sie immer viel Ausdauer und des Öfteren mit dem Erfolg, einige Happen oder Leckerbissen zu erhalten, die Faustin, der Koch, erübrigen konnte.

Faustin war ein hervorragender Koch, nicht nur uns Hunden schmeckte das von ihm täglich zubereitete Fressen, auch Knut und Ute lobten immer wieder seine Kochkünste.

Für Überraschungen war aber auch Frauchen immer gut. Ein Freund von Knut bewirtschaftete die Ranch Mpanga, ganz am Ostende des Akagera National Parks gelegen. Da Knut ebenfalls Jäger war, hatten die beiden von Anfang an einen guten Draht zueinander. Gelegentlich brachte er uns eine Antilope oder ein Warzenschwein vorbei. Diese Tiere konnte er in seinem Revier jagdlich erlegen. Damit hatte unser Speiseplan eine erfreuliche Abwechslung. Allerdings mussten die Stücke ja noch zerlegt werden. Ute hatte die Aufgabe, das zu erledigen.

Zusammen mit Ihrer Freundin Angelika benötigte sie mindestens einen halben Tag, um alles in küchenfertige Stücke aufzuteilen. Für Dina und mich waren diese Gerüche etwas Besonderes für unsere Nasen. Wie man sich denken kann, fielen auch immer einige Brocken herunter, sodass wir beide nie zu kurz kamen, um von diesen Leckereien etwas zu erhaschen. Einiges wurden auch für unser Futter genommen, so hatten wir auch Tage später noch ein genüssliches Fressen in unseren Näpfen.

Die gewisse Zeit des Lernens, in der ich das ganz einfache, unbedenkliche Leben hinter mir ließ, blieb mir nicht erspart. So mussten Dina und ich zum Beispiel auch mal alleine zu Hause bleiben.

Spielen auf der Terrasse.

Abenteuer und Streiche

Davon gab es reichlich, ebenso die anschließenden Ermahnungen und Strafen, die allerdings nicht so schmerzhaft ausfielen. Von Dina lernte ich, was Raffinesse bedeutet. Außer, das sie klug und schlau war, konnte sie mit ziemlichen Geschick klauen.

Die Boys bereiteten sich ihre Mahlzeiten in der Boyerie selbst zu, meist dann, wenn Faustin nicht genügend Portionen zum Mittagessen zubereitet hatte, oder Knut und Ute Termine oder Einladungen wahrnahmen. Manches Mal wollte das Personal ohnehin seine landesüblichen Gerichte kochen. Die bereiteten sie auf einem Kohlebecken auf dem Vorplatz der Boyerie zu. Oft ließen sie die Teller mit ihren Speisen unbeaufsichtigt auf einem kleinen Regal in ihrem Häuschen stehen. Doch wenn sie dann die Türe zur Boyerie nicht richtig geschlossen hatten, stibitzte Dina den Boys etwas von deren Mahlzeiten, was immer zu Diskussionen zwischen ihr und den Boys führte.

Es gab wie mehrere Möglichkeiten, an Leckerbissen zu kommen. Eine Methode machte uns am meisten Spaß.

Wurde zu Einladungen in unserem Hause Essen vorbereitet und die fertigen Platten mit Wurst, Käse oder Fleisch im Gästebereich des Hauses deponiert, plagten Dina und mich die Neugier. Der Geruch der Speisen war meist sehr verführerisch.

So lauerten Dina und ich schon in der Nähe der Räumlichkeiten, um vielleicht nur mal einen Blick auf die Dinge werfen zu können. Türen, die nicht richtig zugezogen und abgeschlossen waren, konnte Dina ganz leicht mit ihrem Maul oder mit den Pfoten öffnen. Dann schlichen wir hinein und machten uns über die Leckerbissen her. Immer auf Dinas Fersen, hatte ich meistens Schwierigkeiten, etwas zu erhaschen, da die Platten und Teller ja nicht auf dem Fußboden standen, und mir als Dackel Dinas Beinhöhe fehlte.

Wurden wir erwischt, gab es eine Standpauke von Frauchen. Dann zählte nur noch eines: den Kopf gesenkt halten, schuldbewusste Augen machen, den Schwanz nach unten hängen lassen, alles über sich ergehen lassen und davon-trotten.

Geliebt wurden wir ja trotzdem, nachtragend war niemand, wenn wir auch noch so viele Streiche machten. Wir hatten eben immer Appetit, und so wiederholten wir bei der nächsten Gelegenheit unsere Diebereien.

Haus, Terrasse und Garten zu verteidigen stand auch auf meinem Lehrplan. Von Dina wusste ich, dass wenn Knut und Ute nicht im Haus oder auf der Terrasse waren, ich keine fremden oder unbekannten Leute herein lassen durfte. Wer es trotzdem wagte, wurde von Dina und mir mit Knurren, oft auch mit gefletschten Zähnen gewarnt. Einige Leute wollten nicht ernst nehmen. Solche Eindringlinge wurden dann an ihren Hosen oder an den Beinen festgehalten - mit unseren Zähnen. Aber Bisswunden gab es bei unseren Opfern dadurch nicht. Ab und zu Risse in den Hosenbeinen, wenn die Menschen sich aus unseren Zähnen hatten befreien wollten.

Unsere beiden Hausboys durften ebenfalls die Bekanntschaft mit unseren Zähnen machen. Knut und Ute waren mit Freunden übers Wochenende in den Nationalpark Akagera gefahren. Dort lebten viele wilde afrikanische Tiere, darum war das Mitbringen von Hunden in den Park verboten. Deshalb musste das Hauspersonal sowie der Tagwächter während dieses Zeitraums auf dem Grundstück bleiben, denn Dina und ich brauchten ja unser Fressen, und Haus und Garten mussten ja auch bewacht werden.

Einer der Boys hatte sich wohl nur gedacht, jetzt könne man, da ja Wochenende war, trotzdem zu seinen Freunden gehen und ein bisschen feiern. Hat er auch getan. Als er jedoch nach Hause kam, mit reichlich Bananenbier intus, wurde er von Dina und mir nicht gleich erkannt. Logisch, er hatte einen ganz anderen Geruch und auch einen anderen Gang. Dina und ich verfolgten ihn mit Bellen und Knurren und versuchten ihm immer wieder in die Beine zu beißen, solange, bis Faustin dazwischen ging und uns beruhigte. Jean Marie hat sich später bei Knut beschwert, dass Dina ihn gebissen habe und seine Hose zerrissen wurde.

Zu zweit waren wir eben unschlagbar.

Dina teilte alles mit mir. Sie erlaubte mir sogar aus ihrem Napf zu fressen. Jeder hatte selbstverständlich auch sein eigenes Körbchen mit Kissen und Decke, doch am schönsten war es, mit Dina zusammengerollt in einem Korb zu liegen. Besonders in der Regenzeit, wenn die Luft feucht und unser Fell etwas nass war, empfand ich das Kuscheln mit Dina als gemütlich und wohltuend.

Alleinsein konnte ich damals nicht und mag es auch heute noch nicht. Meistens war ich richtig wütend, wenn Ute und Knut ohne uns wegfuhren.

Eines Abends gingen sie mit Freunden aus, ohne uns. Das Hauspersonal hatte auch schon frei, nur der Nachtwächter versah seinen Dienst. Da alle meinten, ich sei noch so klein, und weil auch Dina es gewohnt war, im Hause auf Knut und Ute zu warten, schlossen sie uns in der Wohnung ein.

Verstehen konnte ich das alles nicht. In meiner Enttäuschung, Wut und meinem Zorn fing ich an, die Sitzgruppe zu zerbeißen. Überzug und Schaumstoff flogen in kleinen Fetzen durch das Wohnzimmer. Dina blickte hilflos zu mir herüber, aber mir war das einerlei. Sie hätten uns ja mitnehmen können.

So sah die Sitzgarnitur aus–, nach meiner Arbeit.

Das anschließende Donnerwetter von Knut, aber auch das Lachen von Ute, hallte mir noch lange in den Ohren. Auch Knuts kräftige Hand spürte ich noch einige Zeit auf meinem Fell.

Frauchen musste dann in zeitaufwändiger Kleinarbeit alles wieder nähen oder neu beziehen.

Zur Folge hatte meine Zerstörungswut, dass wir in der Zukunft nicht mehr im Hause, sondern auf der Terrasse auf die Rückkehr der beiden warten mussten. Wer aber glaubt, dass mir das gefallen hat, irrt. Es war mir egal ob ich drinnen oder draußen warte sollte, geärgert habe ich mich immer.

Da die Warterei außerdem noch langweilig war, suchte ich mir neue Ziele. Weil ich die großen Blumenkübel nicht umkippen konnte, riss ich gelegentlich Pflanzen mitsamt der Erde heraus. Danach sah die die Terrasse wie ein ungepflegtes Blumenbeet aus. Die etwas kleineren Blumentöpfe, die seitlich auf den Treppenstufen standen, ließen sich etwas einfacher umstoßen.

Manches Mal fielen sie in den Vorgarten, aber oftmals polterten sie die Stufen hinunter und zerbrachen in tausend Scherben. Die Boys versuchten meistens noch vor der Rückkehr von Herrchen und Frauchen, alles wieder in Ordnung zu bringen, aber es war nicht zu übersehen, dass vorher Chaos geherrscht hatte.

Damit nicht genug. Auf der Terrasse standen ja noch Gartenstühle. Die Sitzkissen darauf waren mit Bändern an den Stuhllehnen befestigt, damit sie nicht verrutschen konnten. An vorangegangenen Tagen, als wir uns allein auf der Terrasse aufhielten, sprangen Dina und ich einfach auf die Stühle und machten es uns dort gemütlich. Knut und Ute waren jedoch nicht sehr begeistert davon, da wir den Schmutz von unseren Pfoten oder auch Haare auf den Kissen hinterließen. Ab sofort wurden die Gartenstühle fast unter die Kante des Gartentisches geschoben, wenn Knut und Ute nicht zu Hause waren.

Die Kissen hatten es mir besonders angetan. Die Höhe der Stühle forderte mich jetzt allerdings heraus, da ein Hochspringen auf Grund der veränderten Position nicht mehr möglich war. Nun musste ich mir etwas Neues einfallen lassen, um an die Kissen zu kommen. Also auf die Hinterpfoten und seitlich an die Stühle ran. Für meine Zähne wurde das knapp, aber es war umso reizvoller. So zerrte ich an den Kissenkanten und an den Bändern, bis auch dort die Fetzen flogen.

So kam es, wie es eben kommen musste. Knut war mit Ute mal wieder ausgegangen. Sauer und verärgert waren aber beide, als sie nach ihrer Rückkehr meine Arbeitswut in Augenschein nahmen. Knut packte mich und verdrosch mein Hinterteil, was ich mit Knurren und Zähnefletschen zu verhindern versuchte - aber ohne Erfolg. Ungezogenheiten kosten ihren Preis.

Knuts gelegentliche Hiebe auf meinen Dackelkörper ärgerten mich aber doch. So sann ich auf Rache.

Morgens waren die Türen immer sehr früh von Ute geöffnet worden, damit die Boys im Haus ihrer Arbeit nachgehen konnten. So war es für Dina und mich eigentlich normal hinauszugehen, um unser morgendliches Geschäft zu erledigen. Da kam mir die Idee mit der Rache. Ich ging nicht hinaus, sondern schlich mich in den Toilettenraum für Menschen und legte dort auf den Läufer, der in den Farben beige und braun gewebt war, ein Häufchen aus Hundekacke. Knut, der diese Toilette jeden Morgen barfuß benutzte, sollte eine Überraschung erleben. Da er durch die Farben des Teppichs mein „Geschenk " nicht erkennen konnte, trat er mit den bloßen Füßen darauf. Die Überraschung war gelungen.

Erst ein mal hatte er sich erschrocken, danach jedoch fürchterlich geschimpft und sich bei Ute über meinen Streich beschwert. Als er mich rief, wusste ich genau warum. Also reagierte ich erst gar nicht und blieb in meinem Körbchen liegen. Entdeckt hat Knut mich aber dann doch. Hiebe bekam ich allerdings keine, da Ute wie so oft auf meiner Seite war und Haue nicht mochte.

Entscheidend war jedoch: Ich stand wieder im Mittelpunkt, verbuchte die Aufmerksamkeit zu meinen Gunsten, und lange war mir sowieso niemand böse.

Dieser "kleine" Golf, im Hintergrund ließ sich nicht
bremsen.

Unfälle

Die größten Freiheiten hatte ich nach einem Unfall, uns so ist es passiert:

Ute wollte einkaufen fahren. Da es Nachmittag war, durfte ich nicht mit, weil es im Auto für mich zu heiß geworden wäre. Das wollte mein kleines Dackelhirn nicht begreifen. So viel Erfahrung hatte ich noch nicht - ich war erst fünf Monate alt.

Oben auf der Terrasse sitzend hoffte ich immer noch, dass Ute es sich überlege und mich doch mitfahren ließe. Sie schaute auch noch einmal aus dem Autofenster zu mir und fuhr dann rückwärts in Richtung Gartentor. In meinem damaligen Unverstand dachte ich, so ein kleines Auto - ein VW Golf - könnte ich doch anhalten, und rannte die Treppe hinunter. Ich glaubte, wenn ich hinter ein Rad springe hält das Auto von alleine an. Das hatte ich schon mitbekommen, wenn Knut einen Stein hinter den Reifen legte, damit der Golf nicht wegrollte. Leider hatte ich mich ganz schrecklich getäuscht. Das Auto ließ sich nicht stoppen, vielmehr landete ich mit meinem rechten Hinterlauf unter dem Hinterreifen.

Ich wusste erst gar nicht was mit mir geschah. Ich dachte schon, mein Bein wäre nicht mehr vorhanden. Dann spürte ich einen fürchterlichen Schmerz. Ich fing ganz fürchterlich zu jaulen und zu klagen an.

Ute ließ das Auto mit laufendem Motor stehen, sprang heraus und nahm mich sofort auf die Arme, bleich vor Angst, dass ich das vielleicht nicht überlebte.

Es tat so weh, da nützte alles Trösten nichts, ich wimmerte vor mich hin. Dina kam hinzu gelaufen und merkte sofort, dass etwas Schreckliches passiert war. Sie leckte meine Pfoten, aber der Schmerz lies nicht nach. Vor lauter Schreck machte ich mir mal wieder ins Fell und Ute aufs Kleid, die das in ihrer Angst um mich erst gar nicht bemerkte.

Ute war in Panik, lief zurück ins Haus und telefonierte. Da es Mittwoch Nachmittag war, war auch der Tierarzt in seiner Praxis nicht zu erreichen. Ute legte mich auf den Beifahrersitz und fuhr zu einer Freundin, um zu erfahren, ob sie die private Adresse des Tierarztes wüsste. Aber die Freundin konnte nicht weiterhelfen. Daraufhin entschloss sich Ute, zum Menschendoktor zu fahren. Mit mir auf dem Beifahrersitz, legte sie während der Fahrt eine Hand auf meinen Körper, damit ich nicht so viel Angst hatte. Sie redete mir auch gut zu, dass alles wieder gut werden würde und ich untersucht werden sollte.

Es war eine lange Fahrt, denn der Arzt hatte seine Praxis auf dem Gelände, wo auch Knut arbeitete. Die Entfernung war noch größer, als zum Flughafen. Aber endlich kamen wir doch an.

Der Arzt tastete meinen Rücken und die Gelenke ab, stellte zum Glück keine ernsthaften Verletzungen fest, nur eine Prellung mit einem dicken Bluterguss. Mein Beinchen war auch nicht gebrochen, da ich als noch nicht erwachsener Hund ganz weiche Knochen hatte.

Nach der Behandlung fuhr Ute noch zu Knuts Büro, das sich ja auf dem gleichen Gelände befand. Knut blickte erst ganz erschrocken. Dann sah er so aus, als wenn er gleich mit Ute schimpfen wollte, weil sie nicht richtig aufgepasst hatte. Sie stand noch mit verweinten Augen da. Aber er hatte sich wohl überlegt, dass das nichts mehr geändert hätte und war dann auch sehr froh, dass mir nicht mehr geschehen war. Ab sofort begann für mich ein Zeitraum des äußersten Verwöhnens.

Nach Anweisung des Arztes wurde mein Bein mehrmals täglich mit einem kühlenden Gel eingerieben und massiert, was mir gut tat und auch sehr gefiel. Dina bemutterte mich ebenfalls ganz liebevoll. Sie leckte mir die Beine und schubste mich mit ihrer Schnauze, um mich aufzumuntern, denn es dauerte schon einige Tage bis ich wieder richtig laufen und rennen konnte.

Knut und Ute waren glücklich und erleichtert, dass mir kein weiterer Schaden entstanden war, denn ich hätte ja auch gelähmt sein können.

Wie so oft war ich der Mittelpunkt.

Aufregungen gab es durch Dina und mich reichlich. Wie häufig am Abend mussten Knut und Ute irgendwelchen Einladungen oder Empfängen folgen. Damit Haus und Hof sicher blieben, war außer Dina und mir noch der Nachtwächter Anastase draußen auf dem Grundstück.

Anastase befand sich die meiste Zeit nur hinter dem Haus und döste vor sich hin. Eigentlich sollte er in einigen Abständen einen Rundgang ums Haus machen, doch er saß meistens nur vor der Boyerie, von wo aus er auch auf das Gartentor blicken konnte. So bemerkte er den abendlichen Besuch einer Katze, die auf der anderen Seite des Nachbargrundstücks herübersprang gar nicht.

Nur Dina, die gerne Katzen jagte, nahm die Verfolgung auf, was für sie schlimme Folgen nach sich zog.

Die Katze sprang über den Gartenzaun zurück auf eine schmale hohe Mauer, Dina hinter ihr her, da versuchte sie die Katze zu erwischen. Dabei verlor sie die Balance, fiel nach einigen Metern herunter und landete zwischen Mauer und Maschendraht zwei Grundstücke weiter, etwas unterhalb unseres Anwesens. Der Zwischenraum war besonders schmal. Allein konnte Dina nicht mehr herauskommen.

Lange Zeit hörte ich sie klagen und konnte ihr doch nicht helfen. Ihr Bellen wurde immer leiser und ging schließlich in ein Wimmern über.

Der Nachtwächter schlief mittlerweile, hatte von der ganzen Tragik nichts mitbekommen. Knut und Ute waren noch nicht wieder zu Hause. So konnte ich nur warten. Traurig saß ich am Gartentor, als beide zurückkamen.

Ute fragte sofort wo Dina sei, da es ungewöhnlich war, dass ich alleine am Tor saß. Leider konnte ich ihnen ja nicht erzählen, was geschehen war.

Knut meinte anfangs, das vielleicht Einbrecher auf dem Grundstück waren und nahm deshalb den Nachtwächter ins Gebet und war dabei nicht nur ärgerlich, sondern ausgesprochen böse.

Dann lief er wütend ins Haus. Plötzlich hörten wir einen lauten Knall. Ute lief aufgeregt und schreiend ins Haus, um nachzusehen, was geschehen war. Knut stand mit der Schrotflinte in der Hand im Schlafzimmer, die ihm beim Laden aus Versehen losgegangen war. Er dachte ja immer noch, dass fremde Leute auf dem Grundstück waren und sich vielleicht noch irgendwo versteckt hielten.

Zum Glück waren am Ende nur ein paar Löcher im Kleiderschrank.

Die Suche nach Dina begann. Es wurde gerufen, mit Dinas Hundepfeife gepfiffen, aber nichts war von ihr zu sehen oder zu hören. Die Nachbarn wurden gefragt, ob sie Dina gesehen hätten, das gesamte Quartier wurde abgesucht, Ute pfiff immer wieder auf Dinas Pfeife, aber sie kam nicht und gab keinen gab Laut. Alle wurden immer trauriger auch ich.

Dina musste etwas zugestoßen sein, denn wie bereits erwähnt war sie besonders folgsam und wäre auf die Pfiffe auch gekommen.

Knut, der außerhalb des Grundstückes mit Nachbarn auf der Suche war, kam nach ungefähr einer Stunde des Suchens alleine zurück, saß am Tisch auf der Terrasse und weinte. Aus lauter Verzweiflung rauchte er sogar mehrere Zigaretten, so setzte ihm als ehemaligem Raucher die Sache zu.

Die Freunde und die Nachtwächter der benachbarten Grundstücke wollten die Suche aufgeben, da sie es als zwecklos ansahen, sich solche Sorgen um einen Hund zu machen.

Die Mentalitäten sind eben sehr verschieden. Doch Ute und Knut blieben beharrlich, denn irgendwie schienen sie zu ahnen, dass Dina in einer misslichen Lage stecken musste.

Knut ging ein weiteres Mal hinaus in die Umgebung, um nach Dina zu suchen. Dann klinelte das Telefon. Ute rannte an den Apparat, und eine befreundete Nachbarin vermutete, dass Dina hinter ihrem Grundstück in der

Klemme stecke.

Ich sah nur noch wie Frauchen mit einer Drahtschere in der Hand losrannte und zwei Häuser weiter auf dem Grundstück verschwand.

Hinter diesem Haus fanden sie dann Dina, eingeklemmt zwischen einer Stützmauer und einem Maschendraht. Dina war ganz geschwächt und stand zitternd und kraftlos hinter dem Drahtzaun. Sie wimmerte so leise, dass man sie kaum hören konnte, und hatte keine Kraft mehr, da sie immer wieder versucht haben musste, sich selbst aus dieser Situation zu befreien. Ute schnitt mit der Drahtschere den Zaun auseinander und konnte Dina so befreien. Verletzt hatte sie sich zum Glück nicht.

Glücklich und vor Freude weinend nahm Ute Dina in die Arme. Die Nachbarn verständigten Knut, der dann eilig vom Suchgang zurück kam. Er nahm Dina auf seine Arme und trug seine geliebte Hündin nach Hause.

Der Nachtwächter, der ebenfalls außerhalb des Anwesens auf Suche nach Dina gewesen war, traute sich erst gegen drei Uhr morgens wieder auf das Grundstück und hatte nur noch Angst, weil er von Dinas Auffinden noch nichts erfahren hatte.

Eine gehörige Standpauke von Knut blieb ihm allerdings nicht erspart.

Doch, wenn man glücklich ist, vergisst man rasch, und so wurde dem Nachtwächter bald wieder verziehen.

Vergnügen in der freien Natur

In diesem Land in Afrika, in Äquatornähe ungefähr 1500 Meter hoch gelegen, herrschten das ganze Jahr über Temperaturen wie im Frühling. In der Trockenzeit wurde es tagsüber allerdings oft sehr warm.

So sorgten Knut und Ute immer für Abwechslung. Auf Ausflügen an einen der schönsten Seen kamen auch Dina und ich mal aus der gewohnten Gartenumgebung heraus. Ohne Leine zu laufen war uns ja nur auf dem eigenen umzäunten Grundstück erlaubt.

So waren es besondere Ereignisse, wenn wir mit Knut und Ute zu Ausflügen mitgenommen wurden. Es war immer aufregend, wenn der VW Bus für solche Touren bepackt wurde. Ich konnte es jedes mal kaum erwarten, dass es am frühen Morgen losging. Wunderbar waren die Aufenthalte am Kivusee, der im Westen Ruandas die Grenze zu Zaïre bildet. Dort unternahm ich meinen ersten Schwimmversuch mit knapp sieben Monaten in Gisenyi, am nördlichen Ufer des Sees. Ein wunderbarer Sandstrand lud zu Spaziergängen ein. Wir durften hier zum Glück auch ohne unsere Hundeleinen laufen. Dina lief durchs flache Wasser, bis es tief genug war, dass sie schwimmen konnte. Sie war eine ausgezeichnete Schwimmerin.

Da ich die Erfrischung auch genießen wollte, eilte ich ihr hinterher. Meine innere Stimme sagte mir: Was Dina kann, das schaffst du auch!

Knut und Ute hatten uns immer im Blick, damit wir nicht zu weit hinaus in die Wellen gerieten. Gelegentlich ertönte die Hundepfeife, damit Dina wieder mehr in Richtung Strand zurückschwamm, ich natürlich hinterher.

Mit meinen kurzen und krummen Dackelbeinchen bekam ich bald Schwierigkeiten, die Schnauze über Wasser zu halten. Instinktiv strampelte ich mit allen vier Pfoten und stellte fest, dass es ein tolles Gefühl war, sich so über Wasser zu halten. Die Feinheiten des Schwimmens habe ich dann aber doch von Dina abgeschaut, die neben mir herschwamm. Dina legte mit ihren langen Beinen ein recht schnelles Tempo vor. Um bei dieser Geschwindigkeit mithalten zu können, musste ich meine Beinchen öfter bewegen, das war ja klar. Es machte einen riesigen Spaß, im Wasser zu sein.

Bei jeder möglichen Gelegenheit, die sich bot, ging ich schwimmen, und so wurde meine Technik immer besser, sogar fast perfekt. Im warmen Afrika hatte dies auch gleichzeitig den Vorteil, dass man sich abkühlen konnte.

Mehrere Male fuhren Dina und ich mit Knut und Ute an den Kivusee, allerdings etwas südlicher gelegen, nach Kibuye.

Dort gab es einen traumhaften Strand der ausschließlich für die Menschen reserviert war. Aber auch für uns Hunde gab es eine wunderbare Möglichkeit ins Wasser zu kommen. Eine kleine Bucht, die als Hafen diente, in dem auch Knut und seine Freunde ihre Boote liegen hatten, befand sich gleich neben dem Hauptstrand.

Über einen kleineren Strand gelangte man ins seichte Wasser. Für uns Tiere war das bestens geeignet, weil wir dadurch nicht mit den Menschen an Land und im Wasser in Konflikt gerieten. So kamen wir beide immer auf unsere Kosten. Viele Menschen mochten auf dem Strand nämlich nicht zusammen mit Tieren sein. Dabei waren Strandspaziergänge ohnehin nicht mein Ding. Viel lieber ging ich schwimmen.

Doch Spätaufsteher bekamen nicht mit, was alles in den kühleren Morgenstunden vor sich ging. Viele verschiedene Vogelarten suchten in dieser Zeit die Ufer des Sees auf. Mehrere Milane zelebrierten am Menschenstrand ihr Morgenbad, um sich danach ihre Federn auf den umstehenden Bäumen zu trocknen. Am äußersten Ende eines Stegs, von dem aus man ins tiefere Wasser springen konnte, saßen zahlreiche Kormorane, die sich nach ihren Tauchgängen und der Futtersuche ihr Gefieder trockneten.

Anfangs erschienen mir diese Vögel unheimlich, sie wirkten nämlich riesig, wenn sie mit ihren abgespreizten Flügeln auf dem Steg und den Ästen der umstehenden Bäume saßen. Doch mit der Zeit gewöhnte ich mich daran, da sie wohl mehr Angst vor mir hatten als ich von ihnen. Wenn ich kläffend über den Steg in Richtung der Vögel wetzte, stieben sie mit lautem Krächzen davon.

Ute erklärte mir aber auch,man könne es verstehen, dass die Menschen es nicht wollten, dass Tiere den Strand verunreinigten. Aus diesem Grunde gingen wir drei, Ute, Dina und ich, natürlich an der Leine, morgens als Erstes, außerhalb der Wohnanlage und des Strandes, um eine kleine Bucht des Sees herum. So konnten wir Hunde ohne Probleme unsere Geschäfte erledigen.

Zurückgekehrt in die Unterkunft, bekamen wir unser Fressen und mussten drinnen warten, weil Knut und Ute dann zum Frühstücken in das nicht weit entfernte Restaurant gingen.

Danach, wenn wir wieder hinaus durften, stürmte ich mit einem Affenzahn und mit lautem Jauchzen, das kein Bellen war, das kurze Stück Weg zum See hinunter. Am liebsten sprang ich vom Ufer weg, ungefähr aus zwei Metern Höhe, mit einem Satz ins Wasser. Ein kurzer Anlauf - und ich hatte genug Schwung, den kleinen Abhang zu überwinden. Es machte mir richtig Laune, halb kopfüber oder auf dem Bauch im Wasser zu landen.

Frühmorgens und spät am Nachmittag war das Wasser in den Buchten weich wie Seide, was auch meinem Fell einen seidigen Glanz verlieh. Für mich konnte der Tag gar nicht lang genug sein.

Während ich schwamm, machte es mir einen unglaublichen Spaß, ins Wasser zu beißen. Dabei schluckte ich natürlich viel davon. Nach meinen Schwimmtörns, die sich manches Mal bis zu einer Stunde hinauszogen, war es oft zu dringlich, wie es sich für einen Rüden gehört, ein Bein zu heben. So lief mir dann, sitzend an Land, das Wasser wieder nur so aus dem Bauch heraus.

Ärgerlich wurde ich immer nur dann, wenn ich aus dem Wasser herausgegriffen wurde, weil Ute und ihre Freunde Wasserski fahren wollten. Für Dina und mich war es aber zu gefährlich gleichzeitig im Wasser zu bleiben, da uns die Schraube des Bootsmotors vieleicht verletzte oder wir von einem Wasserski getroffen werden konnten.

Die ersten Touren auf dem See durften Dina und ich mit Knut in einem Schlauchboot machen.

Mit den Pfoten auf dem dicken Rand des Bootes, hatte ich einen guten Überblick, was alles so auf dem Wasser und am Ufer des Sees geschah. Dina hatte es durch ihre Größe natürlich wieder leichter, ihre Blicke schweifen zu lassen. Knut war aber ein Schatz. So durften Dina und ich des Öfteren mit im Boot sitzen, wenn Ute mit den Wasserskiern hinterher fuhr. Es war ein wunderschönes Gefühl, wenn der Fahrtwind, der schön warm war, meine Ohren fliegen ließ.

Einige Male fuhren alle Freunde zusammen mit uns - wer eines hatte, mit seinem eigenen Boot - zu einer kleinen Insel auf den See hinaus. Inseln gab es ganz viele, sodass ich nicht mehr weiß wie diese eine hieß. Nur soviel blieb in meinem Gedächtnis haften, dass Dina und ich frei und ohne Leinen herumtollen und stöbern durften. Wenn es uns zu warm wurde, gingen wir eine Runde schwimmen.

Dina und ich schwammen zusammen mit Knut und Ute um die ganze Insel herum, was ungefähr eine Stunde in Anspruch nahm. Ich hatte nicht geglaubt, dass es Frauchen und Herrchen so lange im Wasser aushalten würden, ich war vielmehr der Meinung, so etwas könnten nur wir Hunde.

Nach dem Schwimmen bereiteten die Freunde zusammen mit Knut und Ute das Grillen vor. Köstliche Düfte strömten durch meine Nase. Es war doch klar, dass auch Dina und ich unseren Anteil an Würstchen und Fleisch bekamen. Das schmeckte wunderbar, da wir nach dem langen Schwimmtörn auch richtig Hunger hatten.

Ich testete noch mehr Wassersportarten aus. Windsurfen war die nächste Übung. Das ich das auch beherrschte, habe ich bewiesen.

Zwei der liebsten Freunde von meinen Menschen und uns, Meggy und Jean, hatten ein Surfbrett dabei. Der Wind war jedoch selten geeignet, um zu zeigen, dass Meggy richtig gut windsurfen konnte. Entweder gab es Sturm mit Regen und Gewittern, die meistens nach ein bis zwei Stunden vorüber waren, oder es war absolute Flaute. Meggy war jedoch eine absolute Optimistin. Unermüdlich versuchte sie, dem bisschen Wind noch etwas abzugewinnen. Neugierig wie immer beobachtete ich, wie Meggy auf das Surfbrett stieg. Liebend gerne wollte ich auch mal mitsurfen. Ich rannte zu ihr und bellte sie an. Ich konnte es kaum fassen, sie hatte mich verstanden. Wie immer hatte ich Glück und durfte tatsächlich mit aufs Surfbrett. So begann die erste Unterrichtsstunde im Windsurfen.

Anfangs schaute ich wohl etwas dumm aus den Augen, unsicher wie das funktionieren sollte. Meggy stand nur auf dem Brett, hielt eine Stange in der Hand, an der ein Stück Tuch befestigt war und ruckelte immer hin und her. Manches Mal drehte sie sich von einer Seite auf die andere, was ich erst gar nicht begriff. Nur: Was sie tat, musste ja einen Sinn haben, und ich musste es auch tun. Anfangs drehte ich mich auch immer um die eigene Achse. Dann merkte ich allerdings, das ich als Dackel keine Schwierigkeiten hatte, einfach unter dem Segel stehen zu bleiben. So stand ich auf dem Surfbrett, den Blick dabei abwechselnd auf Wasser und Ufer gerichtet, und überlegte, ob es vielleicht nicht besser wäre, schwimmend ans Ufer zu gelangen, wo Ute und Knut standen.

Einen echten Teckel durfte aber nichts aus der Fassung bringen, und solange ich Frauchen und Herrchen noch sehen konnte, gab ich mich ganz dem Gleiten mit Meggy auf dem Surfboard hin. Es war einfach traumhaft.

An vielen Tagen spielte Ute mit ihrer Freundin Hildegard Golf. Oft durften Dina und ich sie begleiten. Hier war es nicht so streng wie schon zu dieser Zeit in Europa, wenn sich Hunde mit auf dem Platz aufhielten. Früh am Morgen gab es an den Wochentagen ohnehin nicht soviel Publikumsbetrieb. Da es an den Nachmittagen viel zu warm war, spielte Ute ihre Golfrunden meistens am Vormittag. So waren wir auch immer pünktlich zur Mittagszeit wieder im Haus, wenn Knut zum Essen kam.

Der Golfplatz lag etwa eine halbe Stunde Fahrt von unserem Haus entfernt. Erst Asphaltstraße, dann Piste.

Das war immer ein fürchterliches Schaukeln in dem kleinen Golfauto. Wenn wir größere Touren unternahmen, wurde der VW-Bus benutzt, der auf Pisten angenehmer war. Man nahm aber so vieles in Kauf - auch, mit dem kleinen Golfauto zu fahren und durchgerüttelt zu werden -, nur um dabei sein können.

Der Golfplatz war wunderbar angelegt. Viel Grün und sogar Wasser gab es dort - für mich immer eine Möglichkeit, auch zu schwimmen, während Ute den Golfball über den Platz schlug.

Eine Stelle fand ich dort besonders aufregend. Frauchen nannte ihn Hildegards Ruh; benannt nach ihrer Freundin. Hildegards Ruh war eine kleine runde Hütte aus Holz mit einem Strohdach. Ringsherum war ein Wassergraben, sodass sich diese Stelle wie eine Insel auf dem Gelände des Golfplatzes ausnahm. Im Wassergraben wuchsen viele Gräser, Schilf und Wasserhyazinthen.

Das Wichtigste für mich aber waren die unterschiedlichen Tiere, die vom Wasser magisch angezogen wurden. Ibisse, Reiher, Nektarvögel, Frösche, afrikanische Eidechsen und Schlangen. Für mich als - der Abstammung nach - Jagdhund bedeutete das, wunderbare neue Gerüche in meiner feinen Nase. Nur um welches Getier es sich handelte konnte ich anfangs noch nicht genau ausmachen. Letztlich war es mir egal, ich hatte etwas, das ich verfolgen konnte. Mit Gekläffe die Spur aufnehmend raste ich durch die Büsche, Sträucher und oftmals auch über den gesamten Golfplatz.

Einmal jedoch gab es eine Panne, wobei mir doch ganz bang ums Herzlein wurde. Nach einer ergebnislosen Verfolgung sprang ich in den Wassergraben, um mich abzukühlen. Dabei war mir nicht klar, dass wegen der vielen Pflanzen im Wasser das Schwimmen nicht so einfach war. Plötzlich kam ich nicht mehr weiter. Ich hatte mich in den Pflanzen verheddert. Doch wozu hat man einen Menschen? Ute sah meine Not, sie ließ mich ja nie lange aus den Augen und musste selbst in den Wassergraben steigen, damit ich ans rettende Ufer kam. Was war ich froh, wieder festen Boden unter meinen Pfoten zu spüren.

Dina konnte meine ungestümen Verfolgungsjagden auch nicht immer verstehen. Wahrscheinlich, weil sie erfahrener war als ich. Sie begnügte sich, frei ohne lästige Leine an Utes Seite über den Platz zu laufen.

Dass es auf dem Golfplatz sicherer war in Frauchens Nähe zu bleiben, wurde mir durch die Wassergrabenaktion besonders klar. Aber auch, als ich mitbekam, wie die Golfbälle durch die Luft flogen und ich keine Lust hatte von solch einem Geschoss getroffen zu werden. Nur deshalb immer nur "bei Fuß zu laufen"machte mir allerdings auch keinen Spaß.

Vergnügen im Wasser

Schreckliche Zeiten

Nun lebte ich schon drei Jahre in Afrika also in Ruanda. An längere Abwesenheiten von Herrchen und Frauchen waren wir bereits gewöhnt. So konnten sie uns nie mitnehmen, wenn sie nach Europa oder in andere afrikanische Länder reisten. In solchen Zeiten blieb immer einer unserer Boys zusammen mit dem Nacht- oder Tagwächter bei uns im Haus.

Wir mussten ja auch versorgt werden und gemeinsam mit dem Personal Haus und Grundstück bewachen.

Ende September flogen Knut und Ute nach Europa und wollten erst nach ungefähr sechs Wochen wieder zurückkommen. Nach einigen Tagen ihrer Abwesenheit und des Alleinseins, erhob sich ein fürchterliches Getöse, das uns schreckliche Angst einjagte, war in der gesamten Region zu hören. Unser Personal hatte auch schreckliche Angst, so etwas können wir Tiere nämlich sofort riechen.

Die Boys gerieten in Panik und soviel ich verstehen konnte, fielen immer wieder die Worte Krieg und Rebellen. Was das bedeuten sollte, haben wir anfangs gar nicht begriffen.

Zum Glück war das Wohnhaus offen und auch das Domizil der Boys. Sie merkten, dass auch Dina und ich verstört waren und sorgten sich ganz liebevoll um uns. Wir hielten uns einige Tage bei ihnen in der Boyerie auf und liefen nur kurze Zeit, wenn es nicht knallte, durch den Garten.

Tag und Nacht hallte der Lärm der Schießereien wider, es pfiff grässlich in meinen Ohren. Schlafen konnte ich nie sehr lange, immer wieder wurde ich durch die Knallerei aufgeschreckt.

Wenn über unserem Haus und Garten die Gewehrsalven hinwegfegten, verkroch ich mich aus Furcht unter Tisch oder Bett. Ich hatte einfach nur Angst, fürchterliche Angst, so ohne Herrchen und Frauchen.

Ich hatte das noch nie erlebt. Es war Krieg. Von den Boys verstand ich nur das eine, dass sich die Menschen gegenseitig umbrachten. Aber warum? Das konnten Dina und ich nicht begreifen. Sie war durch ihre jagdliche Ausbildung und Erfahrung mit Herrchen erfahrener, was die Schießereien angingen, aber als diese hier gar nicht enden wollten, wurde auch sie immer nervöser.

Nach einigen Tagen, die Dina und mir endlos lang erschienen, kam zum Glück Knut wieder nach Hause. Vor Freude wusste ich gar nicht mehr aus noch ein. Es war Dina und mir vorher nicht ganz klar, wie sich alles weiterentwickeln würde, aber als Knut erschien, fühlten wir uns geborgen und sicher. Die Angst, verlassen worden zu sein, war zwar unbegründet, prägte aber mein zukünftiges Leben.

Ute durfte noch nicht kommen, das hatten die Behörden in Deutschland bestimmt. Ich weiß nur, dass Knut jeden Tag mit Frauchen telefonierte, und er uns oft erzählte, dass Ute auch bald wieder bei uns sein würde.

Die Lage wurde aber doch sehr ernst, denn Knut hatte viel Arbeit, und zusammen mit der Deutschen Botschaft wurden alle ausländischen Frauen und Kinder in Flugzeuge gesetzt und aus dem Land geflogen.

Es dauerte fast zwei Monate, bis sich die Lage einigermaßen beruhigt hatte, dass auch Frauchen wieder zu uns nach Hause fliegen konnte. Dann freute ich mich, dass wir alle wieder zusammen waren.

Knut meinte immer, dass wir nachts in unseren Körbchen schlafen müssten, was wir natürlich nur selten taten. Vielmehr lag Dina nachts vor seinem Bett und ich bei Frauchen im Bett. Das hatten wir alles während der Unruhen vermisst. Herrchen ließ uns natürlich bei sich im Schlafzimmer liegen, aber nur vor dem Bett. Deshalb war ich auch so froh, dass Frauchen wieder zu Hause war. Jetzt konnte ich mich wieder in ihr Bett kuscheln und hatte auch sonst keine Angst mehr, selbst wenn es am Abend oder nachts mal Lärm gab.

Doch die nächsten Monate waren anders geworden. Man konnte nicht mehr so viel außerhalb des Grundstückes unternehmen. Ausgangssperren und Einschränkungen bei den Fahrzielen waren an der Tagesordnung. So wurden auch die Fahrten nach Kibuye an den Kivusee seltener.

Schade, dass sich die Menschen noch schlechter vertragen als wir Tiere.

Nachwuchs

Mit der Zeit wurde ich etwas erwachsener.

Eines Tages bekam ich Besuch von einer Dackeldame. Es war Aki, die zwei Grundstücke weiter zu Hause war. Erst hatte ich nicht verstanden, was ich diesem Besuch zu verdanken habe, oder was von mir erwartet wurde. Aber dann wurde mir alles etwas klarer. Aki war bereit, Dackelkinder zu bekommen. Immer wieder versuchte sie mich zu animieren, doch unter den Blicken der Menschen um uns herum war ich nicht bereit, Akis Wunsch nachzukommen. So verkroch ich mich hinter Blumenkübeln, um meine Ruhe zu haben. Allerdings, interessant war die Möglichkeit schon, Vater von Dackelkindern zu werden. Nur heute nicht. Am nächsten Tag bot sich eine günstige Gelegenheit. Ich war mit Ute bei den Nachbarn, also auch bei Aki. Und in einer entspannten Atmosphäre, hinter den Autos, die auf dem Grundstück parkten, haben wir uns dann getraut.

Das Ergebnis war nach einigen Wochen zu sehen: drei Hundebabies. Zwei unserer Kinder waren bereits im Vorwege guten Freunden versprochen worden, damit die sich an den Kleinen erfreuen und sie groß ziehen sollten.

Nun blieb noch ein Kind übrig, das aber auch noch einen Unfall hatte. Das kleine Wesen fiel von der Terrasse gut drei Meter tief in den Garten. Knut hatte aber sofort gesagt, dass dieser kleine Rüde bei uns ein neues Zuhause finden würde. So kam es dann auch. Und da er ja schon abgestürzt war, zum Glück ohne schwere Verletzungen, wurde er Bautz genannt.

Nur mir wurde es in den nächsten Wochen alles etwas lästig. Hundeväter haben nicht gerade die Neigung, sich um den Nachwuchs zu kümmern. Bautz wollte immer mit mir und Dina spielen. Dina war ja schon öfter großzügig, wenn es sich um kleine Hunde handelte, so wie damals als ich dazukam. Deshalb wurde ich auch des Öfteren eifersüchtig und drängte Bautz zur Seite.

Abschied aus Afrika

Ganz plötzlich und von jetzt auf gleich war alles anders. Meine unbeschwerten Jahre waren vorbei.

Mein Herrchen Knut war plötzlich nicht mehr da - gestorben an Herzversagen.

Morgens lag er noch in seinem Bett, was Dina und mir ohnehin schon merkwürdig vorgekommen war, da Knut sonst immer als Erster aufgestanden war. Ute öffnete an diesem Tag die Tür hinter dem Haus zur Küche. So konnten wir hinaus, und Faustin konnte ins Haus kommen, um das Frühstück zu richten. Alles schien sich an diesem Vormittag zu normalisieren. Mitbekommen habe ich nur, dass Ute ständig telefonierte und in immer kürzer werdenden Abständen zu Knut ins Schlafzimmer ging. So verging der Vormittag bis zum späten Nachmittag, aber ohne dass Knut aufgestanden war. Wie Ute uns, Dina und mir erklärte, wollte sich Knut nur richtig ausschlafen, dann würde es ihm wieder besser gehen.

Nun wurde es allerdings hektisch. Knut rief ganz laut, und Ute eilte ins Schlafzimmer, um zu sehen was passiert war. Dann drückte sie auf dem Telefonapparat die Verbindung zu den Nachbarn und bat um dringende Hilfe und dass ein Arzt kommen müsse.

Knut lag auf dem Bett und rang nach Luft. Ute beugte sich über ihn und beatmete ihn, und kurze Zeit darauf kam eine Frau, die Krankenschwester war, und sie hat zusammen mit Ute versucht, Knut zu helfen. Zwei Ärzte, mit denen Knut und Ute auch befreundet waren, versuchten mit allen Mitteln, Knut wiederzubeleben. Leider ohne Erfolg.

Was das alles für Dina und mich bedeutete, habe ich an diesem Tag noch nicht begriffen. Aber dann änderte sich sehr viel für uns alle.

Ute flog nach Deutschland, um Herrchen Knut zu beerdigen. In dieser Zeit passten Faustin und Jean Marie auf uns auf und versorgten uns, wie die beiden es schon früher getan hatten, wenn Knut und Ute Ausflüge mit Freunden machten.

Dann kam Knuts dienstlicher Nachfolger, der in dem von uns gemieteten Haus wohnen wollte. So wurde alles geregelt. Frauchen zog zu den Nachbarn zwei Häuser weiter, und kümmerte sich am Tag um Dina, Bautz und mich.

Ute ist dann noch für zehn Tage mit einer Gruppe nach Südafrika geflogen. Dann geschah das für mich Schlimmste. Der Nachfolger wollte in dieser Zeit keine drei Hunde um sich haben. Da er Bautz aber bei sich in Ruanda behalten wollte, hat er mich kurzerhand zu einem Mitglied der Gruppe gebracht, was ich nicht schön fand. Dina durfte noch im Haus bleiben, nur ich nicht.

Traurig und bekümmert wartete ich auf mein Frauchen, das gar nichts davon wusste. An manchen Tagen hatte ich Angst, dass sie auch nicht mehr kommen würde - und war sehr unglücklich. Es war schrecklich für mich, alleine ohne Dina, Bautz und mein Frauchen bei einer fremden Familie zu leben, und ich hoffte nur, dass Ute mich so schnell wie möglich dort wieder wegholen würde.

Was glücklicherweise irgendwann auch endlich geschah.

Nach vielen Wochen - in meiner Wahrnehmung - ging es in einer Kiste für mich und Dina im Flugzeug zurück nach Deutschland. Bautz blieb in Afrika bei Knuts Nachfolger.

Allerdings war alles ganz anders, als auf meinem Flug nach Kigali im Pilotenkoffer, den ja noch mein Knut mit sich trug, als ich nach Afrika flog. Den jetzigen Flug verbrachte ich in einer Kiste, die mit einem Gitter verschlossen war. Das war zwar für meine Größe sehr geräumig, aber trotzdem ungemütlich. Für Dina galt das Gleiche. Sie hatte schon Erfahrung mit einem Transport dieser Art, nämlich als sie zusammen mit Frauchen und Herrchen vor meiner Zeit nach Afrika geflogen war.

Meine alte Kinderzimmerkuscheldecke hatte mir Ute mit hineingelegt, ebenso packte sie Dina und mir eines ihrer T-Shirts dazu, damit wir nicht so viel Angst bekamen. Zu fressen gab es schon einen halben Tag lang vorher nichts mehr, nur Wasser. Ein komisches Mittel hat sie uns am Abend zuvor zur Beruhigung auch noch eingeflößt. Irgendwie fühlte ich mich nicht mehr ganz klar und fit. Schläfrig und fast gleichgültig im Empfinden verlud man uns dann in den Kisten in das Flugzeug.

Es sollte wieder lange dauern, bis wir unser Ziel, Hamburg, erreichten.

Abschied von Ruanda.
Ein Lebensabschnitt ist zu Ende.

Unsere neue Heimat

Die Ankunft am Hamburger Flughafen war für uns beide, Dina und mich, bestimmt genau so aufregend wie für unser Frauchen Ute. Endlich, endlich öffneten sich die Gitter unserer Flugboxen, und wir konnten hinaus ins Freie. Utes Verwandte und Freunde nahmen wir gar nicht richtig wahr.

Ute war nur überglücklich, dass wir den Flug einigermaßen gut überstanden hatten. Aber wie man sich denken kann, mussten Dina und ich erst einmal nach draußen, um frischere Luft zu schnappen. Nach einem Rundgang im Freien und einer riesigen Portion Wasser und auch Leckerlies, die Frauchen in der Handtasche mit sich trug, ging es jedoch weiter.

Klaus, Knuts bester Freund, holte uns mit einem VW-Bus vom Flughafen ab. Dieses Auto, in das wir nun verfrachtet wurden, war ganz bequem. Allerdings wurden wir aus Platzgründen wieder in die Boxen verfrachtet, da diese ja auch mit in das neue Quartier mitgenommen werden mussten. Ich hoffte nur, dass diese Fahrt nicht solange dauern würde, wie der Flug von Kigali nach Hamburg.

Wohin die Fahrt gehen sollte und wo unser neues Zuhause sein würde, wussten wir nicht genau. Irgendwann aber durften wir unsere Boxen wieder verlassen. Wir waren in der Südheide gelandet, bei Klaus und Edelgard zu

Hause. Klaus und Edelgard kannte ich ja noch nicht so gut.

Ganz früher war ja mein Knut mit mir als Welpe durch die Lande gefahren und hatte mich all seinen Freunden vorgestellt, also auch den beiden. Ich konnte mich daran noch erinnern. Weil Dina viel älter als ich war, war sie auch des Öfteren in der Südheide zu Besuch gewesen, also kannte sie das Haus und die Umgebung schon besser als ich.

Klaus versuchte immer mich umzukrempeln, was Gehorsam und solche Sachen anging, wie bei Fuß zu laufen, nicht an der Leine zu ziehen und nicht immer zu betteln, wenn ein für mich guter Geruch in meine Nase kam. Aber er machte die Rechnung ohne meinen dicken "Dackelschädel"und die innige Verbindung zwischen Ute und mir. Dina war anfangs sehr verunsichert, dass ich mir so viel erlaubte. Doch sie merkte ganz schnell, dass die alten Zöpfe nicht mehr galten. So begann für Dina und mich ein ganz neues Leben mit Ute in Europa.

Ohne uns beide durfte Ute nirgendwo hingehen oder fahren. Sie kaufte auch ein Kombifahrzeug, in das wir durch die Heckklappe einsteigen mussten. Zwischen Kofferraum und Fahrgastbereich wurde ein Trenngitter befestigt, damit wir in unserem Bereich blieben. Da ich aber kleiner und schlanker war als Dina, gelang es mir sehr oft, mich seitlich zwischen Trenngitter und Karosserie hindurchzuzwängen und dann auf dem Beifahrersitz Platz zu nehmen. Frauchen war nicht immer begeistert. Allerdings genügte ein Blick meinerseits, von unten nach oben, und sie war wieder versöhnt.

In den ersten drei Monaten sind wir fast täglich herumgefahren, da wir ein eigenes Domizil suchten.

Gefunden haben wir dann nur eine Wohnung, fast in einem Hochhaus, weit entfernt von der Südheide, in Wentorf im Osten von Hamburg.

Wir waren alle unglücklich. Keinen Garten zum Spielen, kein Auslauf am Morgen nach dem Aufstehen. Lediglich auf einem kleinen Balkon, von dem aus man noch nicht einmal richtig hinausschauen konnte. Wenn wir ausgingen, dann nur mit Leine, was langweilig war. Ute war auch oft gereizt, wenn fremde große Hunde ohne Leine auf uns zukamen, und ich der Meinung war, ich müsse nun alles um uns herum verteidigen, gepaart mit lautem Gebell und heftigem Ziehen.

Ute fuhr aber so oft es ging mit Dina und mir weg, damit wir auch anderen Boden unter die Pfoten bekamen als nur Pflaster oder Beton. Meisten fuhren wir zu Gudrun nach Hamburg, die dort in einem Haus lebte, das auf einem recht großen Grundstück mit einem verwilderten Garten stand. So konnten Dina und ich wenigstens dort ohne Leinenzwang das Gelände erkunden. Auch Löcher durfte ich im Garten buddeln und Gudruns Katzen mit meinem Gekläffe etwas Angst einjagen. Mit den drei Kindern, von Gudrun und mit Carmen, Utes Tochter, hatten wir in den nächsten Jahren viel Spaß.

Nach etwa eineinhalb Jahren in der Stadt hatten wir es geschafft. Ute kaufte ein Haus in der Südheide, unweit von Klaus und Edelgard. Dina und ich fuhren mit, um Haus und Hof zu beäugen. Im Großen und Ganzen gefiel es uns allen ganz gut. Im darauffolgenden Frühjahr sollte die Renovierung und der Umzug in die Südheide stattfinden. Leider durfte es meine allerbeste Freundin und über alles geliebte Dina nicht mehr erleben. Sie war fast sechzehn Jahre alt und bekam eine Erkrankung im Gehirn.

So starb sie Ende Januar nach fast zwei Jahren Aufenthalt in Europa.

Was blieb uns, Ute und mir noch übrig, als eben zu zweit umzuziehen? So wechselten wir aus einem für unsere Maßstäbe sehr hässlichem Hochhaus an der Stadtgrenze Hamburgs in die Südheide.

Was Ute alles an dem Haus zu renovieren hatte, kann ich als Dackel nicht beurteilen. Ich, für meine Begriffe, lebte wieder ein sorgenfreies Leben, wie ich es von Afrika her kannte. Anfangs war das Grundstück noch nicht eingezäunt. So konnte ich auch einige Ausflüge allein in die Nachbarschaft unternehmen. Ute war immer ganz aufgeregt, wenn sie mich mal nicht gleich zu Gesicht bekam.

Wie bekannt, konnte ich zwar immer gut hören, aber den gewünschten Aufforderungen nicht regelmäßig nachkommen, falls es mir nämlich nicht in den Kram passte. Zum Beispiel, wenn ich auf dem Nachbargrundstück, einer Wiese, nach Mäusen und Kaninchen buddelte. Ach, war das alles herrlich. Neue Gerüche überall, und so hatte ich wieder viel zu lernen, um diese auch den richtigen Dingen zuzuordnen.

Durch meine *Schwerhörigkeit* lernte Ute aber recht schnell die neuen Nachbarn kennen. Diese wurden aufmerksam, sie hörten Utes Rufen und Pfeifen, wenn sie mich suchte. So konnte mir in der nächsten Zeit nichts schlimmes widerfahren, da man wusste wohin ich gehörte, wenn ich mich zu weit von unserem Grundstück auf Entdeckungsreise befand.

Da es sich um ein Zweifamilienhaus handelte, gab es selbstverständlich auch Mieter in der Wohnung über uns.

Einige Zeit später zog Utes Vater ein, weil er nach einer schweren Krankheit von Utes Mutter, nicht alleine leben wollte.

Sehr gut, so hatte ich neben meinem Frauchen auch noch einen Opa. Opa Robert verwöhnte mich mit Wurst und sonstigen Leckerlies. Ich hatte ihn sehr liebgewonnen. Vielleicht auch, weil er früher selbst einen Hund besessen hatte, spürte ich sein Wohlwollen mir gegenüber ganz stark.

Bei gemeinsamen Mahlzeiten rutschte sein Arm immer wieder unter den Tisch, ich wusste also genau, wo mein Platz zu diesem Zeitpunkt sein musste.

Ute ermahnte ihren Papa immer wieder, dass er mir nicht so viel zum Naschen gebe sollte. Auch sei dann die ganze Mühe, mich noch ein wenig zu erziehen, vertan. Opas Kommentar war dann nur: „Ach das bisschen macht doch nichts."

Da ich immer gerne etwas zum Fressen fand, war ich nie abgeneigt außer meiner täglichen Ration noch etwas zu ergattern. Die Folge war allerdings absehbar. Für einen Dackel legte ich einiges an Gewicht zu. Das bereitete Rückenprobleme. Also gingen wir zum Tierarzt. Außer den üblichen Impfungen, die einmal im Jahr stattfanden, wurde ab sofort eine Diät festgelegt. Die Tierärztin, eine nach meiner Menschenkenntnis liebe Frau, stellte bei der Untersuchung allerdings auch fest, dass ich ein Problem mit den Nieren hatte.

Als Ute ihr dann von dem Unfall in Afrika erzählte, war klar, dass eine Niere verletzt worden war und nicht mehr arbeitete. Aber damit konnte ich ganz gut leben. Nur das Gewicht musste reduziert werden. Gelungen ist die Abnehmerei nur zum Teil.

Ich blieb mein Leben lang ein mittleres Schwergewicht für eine Dackel -Fressen war doch so schön.

Beschäftigungen gab es genügend am Tag. Das Buddeln in der sandhaltigen Heideerde wurde wieder zum Vergnügen.

In einer alten Kartoffelmiete, die es noch unter einer Eibe zu entdecken gab, roch es nach Mäusen. Diese verließen ihre Nester eiligst, als ich ihnen auf die Spur kam. Die Furcht vor mir nützte aber nicht immer, denn wie ich mich in Geduld fassen musste hatte ich bereits von Dina gelernt. So wartete ich, bis ein Mäuslein wieder aus seinem Versteck kam, das ich mit meiner feinen Nase ausfindig machen konnte. Dann ging alles sehr rasch. Mit dem Hieb einer Tatze und einem Biss ins Genick blieb das Mäuschen auf der Strecke.

Mäuse fangen und Katzen jagen wurden zu einer Lieblingsbeschäftigung. Letztlich war es ja auch mein Revier und nicht das der Katzen und Mäuse.

Ute unterstützte mich, wenn es um die Katzen ging. Nicht weil sie nicht tierlieb gewesen wäre, sondern weil die Katzen in den Gemüsebeeten immer ihre Häufchen verscharrten. Auch wurden die Singvögel, von denen es reichlich in unserem Garten gab, von den Katzen gejagt und oft gefangen. Das konnte Ute gar nicht leiden.

So vergingen die nächsten Jahre, und wir lebten ein zufriedenes und doch kein langweiliges Dasein. Meine Streiche wiederholten sich. Alleinsein ob in der Wohnung oder im Auto schmeckte mir immer noch nicht.

Aber ich gehe nicht mehr ins Detail, welche Konsequenzen es hatte, wenn ich Polstermöbel und das Innenleben eines schicken Autos zerlegte. Ich war nun fast zehn Jahre alt.

Aber das Leben endet manchmal plötzlich, und so geschah es drei Tage vor Heiligabend, als ich mit Ute vom Einkaufen am Nachmittag nach Hause fuhr. Unser Wagen wurde in einer unübersehbaren Kurve von einem anderen Verkehrseilnehmer frontal gerammt. Obwohl mich die herbeigerufene Tierärztin noch versorgte, schwebte ich in den Hundehimmel. Von dort oben sah ich mein Frauchen, das zwar verletzt ins Krankenhaus kam, zum Glück aber alles überlebte. Nun versuchte ich die Sterne zu finden, auf denen meine Freundin Dina und mein Herrchen Knut bereits sitzen. Ob es mir gelungen ist?

Eines habe ich noch veranlasst, ich habe mein Frauchen in ihren Träumen besucht und ihr aufgetragen, mein wunderschönes Dackelleben aufzuschreiben.

Ich liebte alles in meinem Leben, weil auch ich nur geliebt wurde.

"RAUDI"

Ruanda

"Land der tausend Hügel"

Da ist ein Land der Liebenden;

Da ist ein Land der Toten.

Die Brücke zwischen ihnen ist die Liebe-

das einzig Bleibende,

der einzige Sinn.

(Thornton Wilder)

Deutschland

Abendstimmung in der Südheide

Zeitfracht Medien GmbH
Ferdinand-Jühlke-Straße 7
99095 Erfurt, Deutschland
produktsicherheit@kolibri360.de